A PEDIATRA

ANDRÉA DEL FUEGO

A pediatra

10ª reimpressão

COMPANHIA DAS LETRAS

Grafia atualizada segundo o Acordo Ortográfico da Língua Portuguesa de 1990, que entrou em vigor no Brasil em 2009.

Capa
Elisa von Randow

Foto de capa
Getty images

Preparação
Adriane Piscitelli

Revisão
Clara Diament
Fernanda França

Dados Internacionais de Catalogação na Publicação (CIP)
(Câmara Brasileira do Livro, SP, Brasil)

Fuego, Andréa del
A pediatra / Andréa del Fuego. — 1ª ed. — São Paulo : Companhia das Letras, 2021.

ISBN 978-65-5921-348-1

1. Ficção brasileira I. Título.

21-72176 CDD-B869.3

Índice para catálogo sistemático:
1. Ficção : Literatura brasileira B869.3

Cibele Maria Dias — Bibliotecária — CRB-8/9427

EDITORA SCHWARCZ S.A.
Rua Bandeira Paulista, 702, cj. 32
04532-002 — São Paulo — SP
Telefone: (11) 3707-3500
www.companhiadasletras.com.br
www.blogdacompanhia.com.br
facebook.com/companhiadasletras
instagram.com/companhiadasletras
twitter.com/cialetras

Aos que cuidam, minha gratidão.

1

Atropelamos um gambá às três da manhã. Meu marido ao volante, eu no banco de trás para não enjoar. Estávamos a caminho do litoral, bate e volta para comprar um terreno. Ele procurava música agitada para não dormir quando o farol clareou o bicho, o corpinho se chocou contra a lataria, descolou alguma coisa do assoalho, paramos no acostamento. Não vimos o gambá morto, meu marido disse que o incidente serviu para avisá-lo da hora de encerrar seu jejum em curso havia três dias. Ele estava irritadiço, acelerado, o hálito cetônico. Fomos resgatados pela seguradora, o carro guinchado, nós apertados na boleia do caminhão. Meu marido fez o motorista parar no posto, comeu um pernil com vinagrete e seguimos. Tombamos exaustos em casa, ele acordou inquieto no dia seguinte, os pés batucando o piso. Aqueci o café e disse semana que vem, quando passar essa coisa mórbida, a gente vai comprar o terreno. Ele não respondeu, não sei se ouviu, eu o deixei na cozinha e corri para o consultório.

Doutora, o prematuro complicou no hospital, a mãe não achou a senhora no celular, a assistência técnica do ar-condicionado vem à tarde e eu tenho que sair mais cedo. A secretária vinha atrás de mim com mais dois recados, abri minha sala onde ela só entra com permissão e fechei a porta. Voltei a abri-la e pendurei o aviso na maçaneta: em atendimento.

2

Marido infeliz mina até um jequitibá. Eu jogava na cara dele a rigidez das minhas articulações, uma fibromialgia se instalava por sua culpa. Ele estava havia meses de folga da construtora da família, os tratamentos para depressão surtiam efeito no início. No começo eu me animava, quando ele voltava ao lodo, eu me alongava na rua, do consultório ia para o supermercado comprar congelado e planta, chegava com ele já dopado no quarto. Meu limite se tornava limiar a cada novo comprimido, adiava o confronto, eu tinha preguiça de dar o primeiro tiro da separação enquanto minha rigidez ganhava a companhia da enxaqueca, da náusea e do formigamento.

Claro que o deprimido não saía de casa, mas eu circulava. Fui apresentada ao Celso na festinha de uma amiga em comum, uma cardiologista que atendia no mesmo prédio comercial que eu. Ela estudou com Celso no colégio, ele seguiu para a área executiva, não se viam fazia vinte anos. Na festinha, Celso era o único que comia amendoim, os outros enfiavam o garfo numa torta de alcachofra e conversavam sobre administração hospitalar e agências de viagem. Quando o amendoim acabou, Celso passou a roer a unha. Me aproximei oferecendo um cigarro, ele recusou, mas me acompanhou até a varanda do apartamento, acendi o meu. Contou que morava em Florianópolis e vinha a São Paulo toda semana cuidar do balanço de uma empresa. Andava confuso com tudo e sua mulher grávida só chorava. Como sou pediatra, o rumo da conversa foi criança e doença.

Celso reclamava de tudo, mas com cadência agradável, aéreo, mas não inteiramente, quis ficar perto daquele clandestino na casa de uma amiga que nem conhecia sua esposa. Me ocupei em atraí-lo. Outra vez na cidade, me ligou pedindo indicação de um dentista urgente, podíamos beber uma cerveja antes de ele tomar anestesia, chegaria relaxado ao tratamento. Entendi a proposta e não houve consulta em dentista nenhum. Celso passou a dar consultoria em mais firmas na cidade, nos encontrávamos depois de suas reuniões, eu voltava para casa esfolada. Meu marido teve dias melhores com meu humor descarregado, leve, minhas dores se dissiparam. A cólica menstrual sumiu, também dispensei a pomada fungicida de uso constante, a região íntima estava uma nectarina.

3

Se eu não morasse longe, você podia fazer o parto do meu filho, disse Celso. Eu o lembrei que não fazia parto, mas era neonatologista e conhecia a melhor obstetra do país. Ele convenceu a esposa de que o filho chegaria com mais segurança se acompanhado por uma equipe competente. A grávida estava de licença da empresa em que advogava e aceitou o plano. O casal deixou o apartamento no Sul com o quarto da criança pronto, alugaram um flat em São Paulo, vieram no último mês da gestação. Com a grávida na cidade, nos encontrávamos num hotel no mesmo bairro, para que ele não chegasse atrasado em casa. Marquei reunião com o casal antes do parto, era praxe. Uma hora antes da consulta ele passou em meu consultório para ensaiar nossa relação de desconhecidos quando viesse com a mulher. Transamos no banheiro, minha vagina estava inchada quando a grávida, uma hora depois, entrou com ele. Imensa, agarrando a barriga, o vestido abaixo do joelho, a canela grossa. Foi bom que ele tenha conseguido fazer seu papel de esposo como se eu não estivesse do outro lado da mesa recheada com o sêmen que a fecundou. Sua atitude acabou facilitando a minha postura profissional, que, aliás, foi irretocável. Vou mostrar como carregar o bebê, pai, pegue a boneca. Ele se chama Celso, avisou a grávida. Celso se emocionou ao pegar o brinquedo de barriga murcha. Expliquei que eu não estaria no parto desde o início, chegaria ao hospital depois do comando da obstetra. Achei melhor não avisar que o parto que ela queria podia durar dezenas de horas, eu só compareceria pouco antes de o bebê coroar, antes de a cabeça rebentar o períneo.

Não estamos fazendo nada errado, ele disse mais tarde, eu não confiaria em outra pessoa nesse momento. Sua confiança me fez ser uma neonatologista sem atraso e certa da profissão. A grávida não me considerava a médica principal, eu não era mesmo, então nosso contato foi mínimo, na primeira reunião e na maternidade. Com o parto em andamento, a obstetra avisou que eu podia chegar tranquila, o bebê estava alto, mas que não me atrasasse porque a mãe tinha a pressão instável, a cesárea estava no horizonte. Entrei focada na sala de parto, Celso no sofá com o laptop no colo lendo mensagens. Me posicionei à beira da cama, a grávida recebeu a analgesia e não sabia quando fazer força, a obstetra mandou que Celso e eu empurrássemos a barriga dela até o bebê descer. Fiz toda força que pude, Celso menos, ficou com medo de machucar a mãe. A criança não nasceu vigorosa, fiz os protocolos neonatais, estimulei reflexos, pinguei nitrato de prata nos olhos, arranquei todo vérnix do corpinho quieto, sem choro. Entreguei o pacote para a mãe assustada e exausta, Celso beijou a touca da maternidade enterrada na cabeça do menino. Fui para o banheiro da suíte, Celso veio atrás, nos abraçamos enquanto a puérpera dava à luz a placenta. Ouvi meu nome, a obstetra me chamava de volta para a sala. Cecília, suture aqui, vou ajustar o soro dela. A mulher de Celso exibia uma laceração de segundo grau no períneo, o sangue da lesão se misturava ao do parto, empapando o lençol. Não entendi por que a obstetra arrumou o soro e precisou sair da sala. Me sentei diante da vagina que recebia o mesmo pau que eu, agora rasgada pelo primogênito. Ela estava em outra órbita, drogada de hormônios, Celso também saiu da sala, provavelmente porque viu a amante costurando a vagina de sua esposa. Sentada no banco, dei mais pontos que o necessário. Por pouco não a fechei.

4

Precisei reexaminar o bebê no segundo dia. A criança apresentou bradicardia, o marca-passo natural estava lento, cogitei colocarmos um artificial. A mãe sentiu tontura, Celso irritado como se eu tivesse causado o desequilíbrio. No fim a alteração se atenuou com remédios e orientei que procurassem um endócrino, podia ser algo congênito com a tireoide, meu pai era um excelente profissional. Celso não me procurou mais, consultaram outro pediatra como sugeri, mas não meu pai.

Fiquei louca quando ele rompeu nosso namoro. Pude enlouquecer à vontade, meu marido experimentava outra pílula que o deixava letárgico, não percebeu o começo nem o fim do meu caso. Fiquei desorientada, disputada por uma direção que exigia uma ação e outra que a inibia. Uma era procurar Celso e acampar nele, a potência sexual que eu merecia. Outra era tomar vergonha, inútil voltar ao que ia afundar. Celso ligou no consultório e falou apenas com a secretária para acertar as contas. Minha vontade era seguir até Florianópolis, bater na porta do casal feliz, enfiar a criança num saco de lixo, a advogada num contêiner a caminho da Oceania e exigir que Celso voltasse à normalidade. Desatenta, negligenciei um quadro preocupante que saiu do meu consultório sem o devido encaminhamento para o hospital, o bebê acabou internado com insuficiência respiratória aguda. Não atendi aos chamados da mãe no celular, para acalmar mãe com filho em UTI só o coma induzido, no fim ninguém morreu.

Em casa, o marido estava apagado à base de sonífero. Fui capotar na sala, depois passei para o quarto de empregada, onde Deise passava roupa, me enrodilhei numa poltrona. Desmarquei consultas, liberei minha funcionária por uns dias, o consultório ficou aos cuidados da secretária eletrônica. Meu pai notou minha ausência e tentou me sondar sem invadir. Trabalhando no mesmo prédio, não nos víamos com frequência, nunca calhou de pegarmos o mesmo elevador, ele era o primeiro médico a chegar e o último a sair do edifício. Meu pai deixou mensagem, ele e minha mãe iam para o interior no fim de semana, caminhariam na serra com um grupo de amigos, se eu me interessasse, eles alugariam uma casa maior, eu podia levar quem quisesse. Não respondi. Ele sempre convidava uma multidão, amigos de amigos, nunca tínhamos privacidade.

5

Eu sabia que Celso pensava em mim, certeza sexual. Pensava e muito. Já eu e meu marido mal nos falávamos. A família ofereceu férias para ele num spa, ele se ergueria com dois remédios: sol e a distância da esposa. Ele foi, envergonhado, mas com esperança. Depois de três semanas sem ele voltar ou dar notícias, liguei para seu irmão. O que pretende fazer, Cecília, vai buscá-lo? Não, ele precisa ficar lá até essa merda passar. Bastou que meu marido tivesse tímida melhora e a separação veio. Não falou mais comigo, mandou seu irmão buscar as coisas em casa, um advogado cuidaria da burocracia que, na verdade, era nada. O apartamento era do meu pai, o carro também. Meu marido não tinha com o que se preocupar, vivia nas costas da construtora tocada pela família, que me adorava porque eu era médica, achando que eu agiria como enfermeira quando fosse necessário. Nem pensar. O irmão acabou levando livros que eram meus, deixei, era uma limpeza. Levou também a cômoda chinesa que meu marido havia comprado pela internet e a coleção de aeromodelos que eu já tinha enfurnado no depósito do condomínio.

Para desanuviar, mandei reformar parte do apartamento, fiquei num hotel por um mês. Dispensei Deise durante a obra e a recebi de volta com carteira assinada, ela ia dormir em casa de segunda a sexta, me dava conforto ter alguém nos fundos que eu pudesse chamar. Deise era mais nova que eu, vinte e oito anos, sem filhos, magra, cabelo forte num rabo de cavalo, resoluta, antes de algo saltar aos meus olhos ela consertava ou limpava. Começou a tomar meu vinho, fui deixando. Bebia antes de dormir, primeiro da garrafa aberta, depois foi abrindo a rolha dos novos. Precisei pedir que ela não passasse de uma garrafa por semana. Deise ficou apavorada, pediu desculpa e nunca mais bebeu vinho, pulou para a cachaça que ela mesma comprava, guardava no armário da lavanderia. Deixei que ela corroesse o fígado, minha casa não era consultório. Às vezes eu encontrava uma amiga e chegava tarde, uma noite Deise dormiu com a televisão ligada, resolvi desligar para que ela soubesse da minha presença em seu quartinho. Ela não comprou mais cachaça. Eu disse que estava contente por ela se cuidar porque doença custa caro. Dona Cecília, o médico proibiu por causa da gestação. Ela não tinha barriga à vista, um alívio, mas ia ter.

6

O consultório estava agitado, outono, as crianças chegavam com olheira, musculatura flácida, tosse, coriza. Tratei todo mundo aviando a mesma receita salva no laptop, mudava só o nome. Os partos haviam rareado, apareceu um neonatologista novo na área, ele visitava os bebês em casa depois do parto, entrava pegando água na geladeira, usava óculos de armação colorida, tinha experiência dentro e fora do país, havia criado técnicas de conforto ao prematuro em hospital público de referência. Não cobrava uma fortuna e fez amizade instantânea com a obstetra que sempre fechou parceria comigo. Quem ela indicasse virava moda, ela dava depoimento em toda reportagem sobre ginecologia e obstetrícia, cobrava caro. Eu sabia que o neonatologista simpático era uma onda, não ia durar muito. Uma enfermeira da maternidade deixou escapar que ele orientava o pai a dar o primeiro banho no recém-nascido e fortalecer, assim, a interação parental. Para isso colocava o pai de cueca debaixo do chuveiro segurando o bebê, deixava o boxe aberto para orientar, de olho no pai. Logo a obstetra retomaria com a profissional antiga que apenas entregava aos pais o recém-nascido limpo e embrulhado na manta, sem excessos.

Ninguém notava que eu tinha pouca vocação e paciência para ser médica, a boa formação garantia que eu não fosse processada, fazia bem-feito o feijão com arroz, procedimentos que qualquer pediatra faz escondiam minha inaptidão. Meu caso é comum, estudei medicina desapaixonada, com o pai no leme. Não é diferente de quem cuida de vacas porque de sua janela era o que havia, festejando o fato de que não era mais preciso caçar, apenas manter o gado. Meu pai era endocrinologista pediátrico e a área da diabetes infantil crescia, proprietário de um andar num edifício comercial, eu podia atender numa das salas. Aceitei a facilidade, segui na pediatria com o apoio paterno, mas não me especializaria num caso único, não queria ver sempre a mesma doença, nem mãe de filho com doença crônica. Elas acabam entendendo muito do caso individual e não se submetem ao que orientamos. Lembro de uma que ligava a madrugada inteira para meu pai, confusa com os valores do glicosímetro. Mesmo não sabendo o que fazer com aqueles valores, ela voltava ao consultório dando aula de como controlar a doença. Meu pai sabia lidar com essas mães, a mãe-pâncreas. Elas acordam às três da manhã para aplicar insulina, cumprem a função do órgão insuficiente do filho e nunca mais dormem uma noite inteira depois do diagnóstico. Meu pai conversava calmamente com elas, esclarecia o perigo do coma diabético e encaminhava todas para um psicólogo do terceiro andar. Eu aferia minha glicose na infância com os kits que ele trazia para casa, não se importava que a filha se inteirasse do funcionamento das agulhas e medições. Eu a media preocupada, desde pequena queria estar saudável para que meu pai jamais se dirigisse a mim como paciente.

Adulta, não quis ver mãe-pâncreas na minha frente, preferi atender crianças com quadros autolimitados e corriqueiros. Todos os pediatras que conheço desejam o contrário, não estudaram tanto para tratar coceira, eles querem doença. Antes de testemunhar um quadro em cronificação ou uma doença imune se apresentar sob minha jurisdição, dispenso a mãe quando a criança chega perto dos dois anos. Fico distante nas consultas e não retorno as chamadas até que os pais resolvam conhecer outro pediatra. A demanda nunca cessa, tem paciente para todo mundo, prefiro novos a fazer a manutenção dos antigos.

7

Celso me procurou quando o filho completou três meses. Marcou consulta para uma criança-fantasma e entrou na minha sala com uma pasta de executivo multinacional. Sentou-se e sorriu. O moleque tá ótimo, disse. Em três meses ele estava mais maduro, mais pai, mais executivo. Eu havia encolhido. Se eu ainda estivesse casada, outro homem me esperando em casa, Celso não ficaria tão seguro em campo. Eu não tinha campo nenhum, foi ele quem terminou nosso caso e possuía uma mulher com acesso à sua árvore genealógica, lá, pendurada num galho, porque lhe deu um filho. Subi a potência do ar condicionado com o controle remoto para aumentar a assepsia. Há setenta mil bactérias por metro cúbico numa enfermaria, mais de cinco mil do lado de fora de um hospital e trezentas numa sala de cirurgia. No meu consultório, contando Celso, nada me atingiria.

Celso também pareceu mais alto. Não vai falar nada?, ele perguntou. Eu não queria falar, não queria nada, eu estava desorganizada, a fibromialgia tinha dado sinal nos cotovelos. Para piorar, minha parceira de trabalho não me procurava mais, eu sofria de vertigem matinal, tentava adesão à rotina para não me despetalar rápido demais. Você é o paciente, respondi. Celso contou que havia sido promovido, mais um degrau e seria CEO da empresa, mas não era por isso que estava feliz, ele havia feito inscrição numa pós-graduação na cidade numa área mais criativa dentro dos negócios, vivia uma fase excelente e Bruninho crescia com saúde. Aquela alegria miserável me tirou da desvantagem, diminuí seu tamanho, um homem normal na minha frente, aquela pasta, aquela vida débil. Repeli sua presença, disse que se ele quisesse poderíamos nos falar mais tarde, menti que tinha um parto em meia hora para atender. Naquele do Itaim? Vou com você, meu hotel é perto. Neguei, ele insistiu, percebeu minha desculpa, minha calma estava incompatível com um parto iminente, concordei com a carona em nome da eloquência, nossa história terminaria na porta do hospital.

Me fiz apressada, peguei a bolsa e um jaleco engomado que havia acabado de chegar da loja, as chaves do carro na gaveta. Ele apertava a pasta executiva contra o peito me esperando ficar pronta, dei sinal positivo e só então ele se levantou e me seguiu. Ali desmanchei. Movimentar meu corpo, contornando o dele na passagem pela porta, magnetizou nossos quadris sem que precisassem se tocar, a imagem de um paspalho sem enigma se desfez. A secretária perguntou se eu ia demorar, respondi que ia para o hospital, autorizei remarcar as consultas da tarde, eram dois retornos. Entramos no meu carro. Com a aproximação, refrigerei o ar num nível polar, com os vidros fechados senti cheiro de família, fundo de colônia e amaciante. Eu tenho você como amiga, ele disse com voz enternecida. Eu comecei a rir. A gente não tem a menor capacidade de ser amigo, Celso. No farol eu achei que ele fosse me esbofetear, mas era um beijo desesperado. Minha única dignidade no momento era ser motorista e com isso pude impor os limites que a função exigia. Arranquei com o carro, ele me soltou arrumando o pau nas calças. Como seu marido consegue dormir com você ao lado? Não existe mais marido, revelei. Ele murchou, detectou a defasagem, o descompasso, só ele tinha algo a perder, estávamos assimétricos. Fiquei imprevisível, sem contrapeso, sem marido que me atenuasse o ímpeto de ir ao parapeito da janela e me atirar na história, encarar a esposa dele, entrar no escritório dela e entregar os papéis da separação, impondo uma assinatura como condição de não aplicar, onde nela eu alcançasse, uma injeção letal, ou incendiar seu rosto e apagar o fogo com meu sapato .

Estávamos já no quarteirão da maternidade, ele já era outro animal, como se não tivesse tido uma ereção. Celso saiu do carro dizendo que nos falaríamos e desejando que eu realizasse um bom trabalho. Fechou a porta o mesmo abobalhado que entrou em minha sala. Agradeci ao vê-lo de costas, um homem com quem ninguém perderia tempo. Voltei ao normal. Diante do hospital, não desperdicei a viagem, enfiei o carro na garagem e subi até a ala da maternidade, ver como as coisas iam sem mim.

8

Ainda que eu não fosse cadastrada, podia entrar no hospital sem propriamente atender. Não existe norma regimental ou estatutária que restrinja o livre acesso de médicos em unidades hospitalares, uma visita social médica é aceita pelo conselho federal de medicina, você só precisa agir como médica e não dançarina. Vesti o jaleco novo, toquei meu nome bordado, Cecília Tomé Vilela. A ala da maternidade estava lotada. Diminuí a marcha para ouvir uma discussão na porta da sala dois, uma doula discutia com o pai do bebê por nascer. Você fica aqui fora, está deixando a mãe nervosa, inibindo os hormônios do parto. A doula estava segura, plantada na botinha de couro, eu podia sentir o sândalo com carvão vindo do cabelo defumado em aula de ioga. Ela entrou, o pai sacou do bolso o celular e tentava uma ligação, eu peguei meu telefone e fingi o mesmo. A senhora precisa chegar logo e resolver, eu vou bater nela. No mesmíssimo segundo a minha melhor parceria, a obstetra Maria Amélia Aguiar, entrou no setor. No celular com o pai, ambos desligaram os aparelhos ao se verem. Me mantive ao telefone para que não precisássemos, nós duas, nos alongar com o reencontro, ela acenou e foi imediatamente cooptada pelo pai. Maria Amélia certamente supôs que eu estava com algum obstetra, mas quem? Todos os meus partos vinham quase sempre dela, outros, menos, por indicação materna. Eu inventaria depois, quando tivesse a oportunidade, que estava visitando um paciente internado na ala infantil e estava ali para reencontrar colegas.

Maria Amélia tentou acalmar o pai. A doula foi escolha da mãe, precisamos respeitar, ela disse. Ele esfregou a mão da testa ao queixo, ela o conduziu para o quarto, como o esperado de uma médica, foi colocar ordem. Eles se entenderam lá dentro, não ouvi mais vozes. Eu estava espantada com a doula num parto sob assistência de Maria Amélia, ela abominava palpiteiros em cena. Claro, influência do novo neonatologista. Eram poucas as equipes de parto natural que atendiam em bons hospitais, o voo era ascendente para quem pegasse essa fatia. Maria Amélia não precisava de voo maior, já era referência, aquele feitiço precisava acabar. Fui fazer um lanche no conforto médico, ficaria enrolando até que ela fosse tomar café. Chegou meia hora depois, ela nunca fica todo o tempo com a parturiente, não há por quê. Cecília, querida, não consegui te cumprimentar direito, atendendo? Dei minha desculpa, que foi prontamente assimilada. Maria Amélia mencionou a doula sem que eu precisasse entrar no assunto, confessou que quis arrancá-la do parto, determinou que ela fizesse companhia à parturiente só até engrenar o expulsivo. Esclareceu à doula, com educação, que no expulsivo ficariam apenas médica, paciente e marido. Mas a parturiente, envolvida pela doula, disse ser a protagonista do parto e colocou Maria Amélia e o marido para fora do quarto. A médica escorraçada. Quem era a moça? Amiga do Jaime, disse Maria Amélia, o neonatologista com quem estava trabalhando. Envergonhada, me disse que estava com ele nos últimos meses por recomendação das parturientes que já chegavam com o nome dele, ninguém mais nascia sem o Jaime. Eu sabia que era mentira, ela não era obrigada a ficar com Jaime nenhum, mas seu constrangimento foi um sinal animador. Jaime e doula não iam durar naquela maternidade, pensei. Ela tem uma escola de ioga só para gestantes na Pompeia, disse Maria Amélia. Mãe Prana, na rua da feira. Maria Amélia rasgou dois sachês de açúcar sobre o café expresso, abriu um terceiro. Estava humilhada. Enxerguei na doula a oportunidade de recuperar minha parceria, acertar a doula era acertar o Jaime. Eu ia resolver essa situação, Maria Amélia estava presa numa rede.

9

Celso não apareceu mais. Um reles executivo abraçado numa pasta e na esposa de canela grossa afetou minha lembrança sexual dele. Área livre. Minha casa andava morta, eu comia na rua, chegava mais tarde, tomava cerveja uma noite ou outra com a cardiologista Valéria Macedo, a amiga antiga do Celso. Valéria havia se separado cinco anos antes e sentia falta do casamento. Não tinha filhos, como eu, mas queria ter, diferente de mim. Criança nem pensar, acabaria minha naturalidade, me obrigaria a ser outra pessoa. Resolvi convidar Valéria para jantar em casa, ela estava indisposta, não queria restaurante, mas logo me deu preguiça de recebê-la, ia falar sobre o ex-marido, coisa que ela faria num restaurante, porém sem me exaurir. Talvez ela quisesse chorar na minha casa. Para que isso não acontecesse, convidei meus pais para comer junto e evitar o lamento arrastado da cardiologista. Meu pai aceitou na hora, disse bom, até que enfim se lembrou de nós. Meus pais contornam meu gênio com elegância, se adoeço, nunca adoeço, me orientam e fim, como se estivessem sempre atrasados para alimentar outros filhos que eles não têm. Liguei em casa, Deise, faça um jantar para quatro, pegue a louça da caixa, flor fresca na jarra do meio, toalha limpa no lavabo, já deixe o ar gelando a sala.

Cheguei mais cedo para relaxar. Nada do que eu havia pedido estava feito. Deise estava dormindo no quartinho, o lábio branco, a mão em concha na boca do estômago, uma bacia com resto de vômito ao pé da cama. Certamente deu várias viagens até o banheiro com a bacia cheia. Chacoalhei seu ombro. Ela acordou sem energia, se sentou devagar. Estava no primeiro trimestre da gestação. Dona Cecília, a senhora desculpe, tô passando mal. Fui até meu banheiro e peguei ondansetrona e pedi que colocasse debaixo da língua. A gente tem uma hora para fazer tudo, Deise, vou comprar as flores. Quando voltei, ela estava chorando, olhando a panela de pressão longe de começar a apitar. Tá triste, Deise? Dona Cecília, minha cabeça está estourando. Dei-lhe dipirona. Vá cuidar do resto que vou comprar, às pressas, um jantar.

Até ali Deise conseguiu não me incomodar com nada que se relacionasse a sua saúde gestacional. Havia lhe dado amostras de vitaminas, se enjoava à noite, eu não ouvia do meu quarto. Não era caso de demissão, não faria isso, era boa profissional, ela se comportava como uma mulher sem filhos. Daquela noite em diante a orientei a tomar ondansetrona até aquela fase passar.

Comprei vinhos e uma ceia pronta. Deise trocou a toalha do lavabo, passou pano na casa, borrifou essência de baunilha africana, borrifou demais, abri as janelas para amenizar. Deise, vá descansar, é melhor. Ela se fechou no quarto, passei pela porta, a televisão ligada com som baixinho. Não achei ruim ter que arrumar a mesa, esticar a toalha macia, dispor pratos e copos, o peso dos talheres ao pousar no tecido. A campainha tocou, a comida ainda estava embrulhada na cozinha. Cecília! Meu pai veio sozinho, minha mãe estava com enxaqueca. Mediquei sua mãe, mas ela aproveitou para cair no sono. Minha mãe era tímida, meu pai camuflava a falta de traquejo dela com a própria expansividade. Ele gesticulava órbitas, ela sorria. Ele imitava um astronauta com problemas ortopédicos, ela sorria. Um fazia, outro sorria, o conjunto se apresentava completo.

A cardiologista chegou logo depois. Ela conhecia meu pai do edifício comercial onde todos nós atendíamos. Ela ficou frustrada por não ser recebida em completa privacidade. Meu pai falava da manutenção dos elevadores às estações de metrô que ele queria conhecer antes dos setenta anos. Cecília não gasta energia, ele disse. Pare, eu pedi. Meu pai sempre parava ao meu comando, voltou a falar de viagem e dos melhores chás cultivados, vejam só, em países em guerra. Valéria primeiro fingiu se divertir, mas foi relaxando e esquecendo de si dando palco ao meu pai, depois saboreou o caldo frio de couve-flor, o risoto de parma, o pudim de figo fresco. De repente, visualizei Deise de camisola entrando na sala, erguendo a bacia com vômito pelas bordas, ameaçando entorná-la em nossos pratos, mas isso não ia acontecer, eu havia lhe dado meio diazepam.

10

Me matriculei na Mãe Prana. Fui pela manhã, às oito horas a recepção estava preenchida por seis grávidas conversando entre si, em minutos eu soube que todas eram primíparas. A recepcionista ofereceu três planos, mensal, trimestral e semestral, eu deveria ajustar o plano ao meu tempo de gestação. Avisei que estava nas primeiras semanas, mas tinha viagem agendada, seria prudente a proposta mensal. Ela não pediu documentos, paguei a mensalidade em dinheiro e menti meu nome por precaução. Não era bom lugar para ser uma pediatra, o assédio é certo e na Mãe Prana eu estaria em lista de pediatras a evitar. As grávidas foram entrando numa sala acarpetada e com colchonetes retangulares simetricamente posicionados, cortina rala filtrando a radiação de fora, uma almofada encardida em cada colchonete. Tá de quanto?, perguntou a ruiva com o nariz dilatado. Cinco semanas, respondi. Primeiro? Primeiro, confirmei. Elas foram se acomodando, se sentando devagar para logo se deitarem de lado, outras colocaram as pernas na parede.

A doula entrou. Bom dia, meninas! Atrasei porque passei a

madrugada no parto da Soraia. As grávidas se mexeram em direção à fala dela. A Sô pariu? Foi lindo e intenso, confirmou. Soraia precisou de reiki porque o colo não amolecia, fiz massagem, usamos a bola, andamos pelos corredores, ela estava com medo de que o filho nascesse leporino como ela, precisei atender o psicológico, fiz mais massagem, mais bola, quando o parto engrenou, ela entendeu a entrega e o bebê nasceu, teve uma laceração de nada, só na mucosa, nem precisou de ponto. As grávidas fingiram relaxar com o final do relato, uma mexeu as pernas dormentes. O pai cortou o cordão, ela continuou, bebê mamou, ela tomou uma sopinha, um banho e está ótima. As grávidas soltaram o ar preso, vendo-se em Soraia. Você quer se apresentar? Claro, sou Cláudia, respondi, estou no primeiro mês. Seja bem-vinda.

A doula pediu que deitássemos e iniciou a condução da aula. Confesso que relaxei com sua voz guiando as posturas. No meio da aula a voz dela ficou ainda mais emoliente e faríamos tudo o que ela pedisse, nos mandou fechar as pálpebras, soltar o fundo dos olhos, o couro cabeludo e a língua. Uma grávida tossiu e eu voltei ao meu alerta. Abri os olhos sem mover qualquer outra parte do corpo, ouvi meu intestino. Consegui alongar meu globo ocular até alcançar a silhueta da doula no fundo da sala. Ela estava em pé procurando algo dentro da bolsa como qualquer cidadão com contas a pagar, pragmática, mão rápida de empregador ágil, pior, o semblante grosseiro de quem estava atrasada para outro compromisso. A doula seguia hipnotizando, mas eu já estava à tona com minha dignidade. O corpo dela não era o mesmo que emitia a voz. O corpo estava num escritório de contabilidade e a voz na deusa para quem ela acendia o palito de carvão e alfazema. Eu nunca estou errada. A doula encontrou uma agenda, tensa, procurava algo, algum recado, número de telefone. Do Jaime não seria, tão amigos, devia ter gravado no celular. Ela pediu que as grávidas voltassem ao plano material movimentando primeiro os dedos dos pés. Eu me eletrizei e fiz força para não me levantar de vez, com prontidão. A doula se ajeitou rapidinho na postura de lótus antes de ordenar que abríssemos os olhos, em segundos transformou o rosto, agora era o mesmo do início da prática. As grávidas foram voltando do relaxamento, de fato relaxadas. Agora agradecemos ao universo pela oportunidade do contato com o cosmo. As grávidas bateram palmas, eu as imitei.

Clau, hoje à noite tem conversa com o Jaime, pediatra, não quer vir? Assenti imediatamente. Eu assistiria a uma palestra do Jaime. Ia encontrá-lo na maternidade hora ou outra, ele saberia que eu era sua concorrente, até aí tudo bem, mas por que ela mentiu o nome na ioga?, ele pensaria. Isso eu podia contornar depois, tranquilo também com a falsa gravidez, minha barriga não cresceria porque eu perderia o filho num aborto natural, a gestação não vingaria como as que não vingaram desde os egípcios e não vingarão até Marte. Atendi naquele resto de manhã e durante a tarde. Fui para casa vestir legging, camisa larga, sapatilha. Comprei rosca de escarola e suco de uva para o compartilhamento combinado entre as gestantes, achei vaga para o carro longe da porta, meu celular tocou. Era da minha casa, devia ser Deise, desliguei.

11

A Mãe Prana estava escura. Um lustre pequeno para uma sala imensa, certamente acenderiam as velas do altar que não estava lá pela manhã. Mesinha forrada com tecido lilás, flores cor de abóbora, estatuetas orientais. Fui a primeira a chegar, a recepcionista pediu que eu adiantasse o banheiro. Grávida faz muito xixi, assim você não sai no meio da reunião, me garantiu. Em nome da gravidez, fui ao banheiro. Eliminava gotinhas de urina quando uma gestante agoniada empurrou minha porta. Desculpe! Ela se afastou, me deixando vulnerável com a porta aberta, ela atrás de outra privada abaixando a calça com a metade da bunda descoberta, o lado esquerdo apresentava dermatite e precisava de uma pomada de corticoide, mas ela ia tomar floral. Fechei a porta para retomar minha dignidade. Assim que me recompus, saí na contramão de outras grávidas que chegavam obedecendo ao conselho da recepcionista. Na recepção, entre o banheiro e a sala de aula, estava Jaime tomando o chá ofertado na mesa de lanches. Único homem do recinto, calça apertada na panturrilha, quadril estreito e maleável, costas de quem nada dez raias matinais. Não fez questão de notar qualquer um que surgisse no ambiente, sorvia o chá de gengibre e limão virado para o quadro de cortiça com os recados que iam da agenda da semana aos cursos de imersão de ioga numa fazenda, passando pelos telefones dos profissionais do parto natural, incluindo o dele. Corri para a sala da palestra, as grávidas vieram atrás ocupando cada qual uma almofada. A minha barriga era a menor. Eu não ia levar aquilo adiante por muito tempo, uma palestra do Jaime e fim, talvez mais duas aulas na Mãe Prana. Jaime entrou com o corpo cheio de espírito, pronto para preencher o silêncio concedido pelas futuras parturientes. Boa noite, queridas! Antigamente, as mulheres se reuniam como aqui, não estavam isoladas. Respirei aliviada, Jaime tinha o porte de um navio petroleiro, mas a voz de uma canoa, anêmica, como se as costas de nadador fossem uma fantasia de herói que aumenta com enchimento o corpo de uma criança. Ninguém vai ensinar nada, vocês só precisam deixar acontecer, atender aos hormônios produzidos no ato do nascimento. As grávidas, assim que o ouviam falar, afrouxavam. A voz fraca me pareceu propositada, também podia amenizar a agressividade das panturrilhas de homem caçador, era um tom sonífero. O parto não é performance médica, ele disse, cesárea só em último caso. As grávidas mal se mexiam diante de Jaime, fiquei irritada por ele evitar cesárea a todo custo, como pediatra ele devia cuidar da área dele. Eu, como pediatra, disse Jaime, defendo a via natural justamente pelo bebê, ele ganha imunidade ao atravessar a vagina, é um bebê que já chega mais forte. Ele sorriu, as mães também, se imaginando vigorosas no pós-parto, com filhos olímpicos e imortais. Detesto a linha dele. Um único encontro com as minhas bonecas de pano antes do parto é o suficiente para dizer o que é preciso. Se eu fosse valente, exibiria minha identidade e daria meu cartão para cada uma, falaria da rasgadura até o ânus que as ameaçava, Jaime se recolheria ao buraco da sabedoria natural, humano superou a selva para não rastejar a perna lacerada por um animal com quem disputou um pedaço de gambá, aquele que meu ex-marido atropelou. Gostaria que cada uma se apresentasse, pediu Jaime. Quando chegou minha vez, eu disse: sou Cláudia, cinco semanas. Jaime logo passou para outra parturiente, que contou sua vida sexual desde a adolescência, a grávida antes de mim havia feito o mesmo, eu fui um descanso narrativo entre as duas, ele nem me perguntou nada para que eu não me alongasse. Claro que íamos nos encontrar na maternidade qualquer dia e eu sairia ilesa da mentira, totalmente plausível uma neonatologista grávida procurando alternativas de parto que, coitada, depois perde o filho desejado num aborto espontâneo. Vocês precisam entender que parir é sexual, a continuidade de um ato prazeroso, imaginem, há mulheres que gozam no trabalho de parto. As grávidas se soltaram ainda mais, induzidas a ombrear o parto pelo qual passariam à lembrança de um pau deliciosamente enterrado, voltando e indo na maciez, relaxando os ligamentos dos quadris aos pulsos. O nascimento de um filho, ele insistiu, é natural e gratificante, por isso defendo as doulas, elas cuidam para que o mundo não interfira, vão orientando sobre o expulsivo e a prática da episiotomia, um talho no períneo que vai até o músculo, quando sabemos que há grande chance de a gestante ter uma leve laceração na mucosa, elas sabem a hora de agir, a hora certa de ir para o hospital e evitar a cascata de intervenções. Consegui ficar até o fim e sair à francesa, cheguei em casa preocupada, eu perderia inúmeras pacientes com aquela palestra, se não todas. A Mãe Prana era referência na cidade, aquilo cresceria exponencialmente, as doulas formavam novas doulas e essas doulas eram mulheres que, depois de passar pela depressão do puerpério e ser demitidas do emprego, acharam um nicho de trabalho cobrando por uma assistência pagã, virando ciganas de maternidade.

12

Deise voltou a beber aguardente. Quando cheguei da Mãe Prana ela estava nos fundos com a televisão ligada num programa musical, eu me dei conta da garrafa porque ela tinha esquecido de fechá-la e o cheiro de álcool me atingiu assim que atravessei a lavanderia. A garrafa estava pela metade debaixo do tanque. Deise ia me exigir mais do que eu dispunha. Uma gestante em casa é um problema potencial conforme o avançar das semanas, bebendo, então, não quis calcular. O combinado era que ela seguisse para a casa dos pais dela no interior dias antes do parto e voltasse alguns meses depois, seu salário seria pago integralmente, lei e ciência não confronto, na sua ausência eu contrataria uma diarista. Joguei na pia o resto da pinga, deixei a torneira aberta para que a corrente de água diluísse o combustível. No dia seguinte, antes de ir para o meu consultório, eu a chamei na sala. Deise, não duvide que essa pinga vai estragar você e seu filho, já vai sofrer com a maternidade, filho estragado vai te arrebentar. Vou encontrar um lugar para você frequentar aqui perto, Deise, uma gestação pode ser fatal se você fizer gracinha com bebida.

Ela estava indiferente, não reconhecia minha autoridade, ao contrário de antes, quando sempre fazia questão de concordar com tudo o que eu dissesse, o cabelo sempre limpo estava grudado numa pasta de poeira e óleo, talvez dormisse no chão e não na cama. Está me ouvindo, Deise? Dona Cecília, não estou louca, não se preocupe. Entreguei o endereço do primeiro Alcoólicos Anônimos que encontrei na internet, por sorte havia um a duas estações de metrô, nem dez minutos, ela podia visitar no final do dia. Não a considerei alcoólatra desabada, mas a reunião era terapêutica e sem medicamentos, ela seria ouvida e ouviria relatos sobre aonde o vício pode chegar, um susto que a reorganizaria. Não quero dar trabalho para a senhora. Sabe quem é o pai, Deise? Que eu soubesse, ela não tinha relacionamento. Revelou que ficou grávida do segurança da pizzaria, um homem casado. Provavelmente, o cara não sabia que teria um filho com a doméstica do Edifício Quinta dos Açores. O restaurante estava a poucas quadras, pensei, um dia ela foi ao supermercado e passando pela pizzaria viu um segurança saudável, disse oi, dali até a cama um pulo, uma facilidade invejável. Sendo ele um segurança, no mínimo sabia atirar, atento e forte, por certo a colocou contra a parede quente do forno a lenha, ela aberta tragando o cara para dentro sem soltar, ele fazendo o possível para fecundá-la como ápice do projeto a serviço da espécie. Também pensei, qualquer problema aqui eu vou pessoalmente avisar ao segurança que ele tem um filho a duas quadras, ele deve ter moto e morar mais longe que Deise, ter ainda outra mulher além da esposa, esta já não conseguindo subir na garupa da moto para ir ao parque abarrotado no domingo. Pedi para ver sua carteirinha do posto de saúde onde fazia o pré-natal, estava em dia com as consultas e os exames tinham resultados tranquilizadores. Relaxei vendo aquilo, era só administrar uma depressão que podia dar as caras. Eu costumo atrair deprimidos e piorar o quadro deles. Com eles ou você fica plenamente à superfície, impávida, ou eles usarão sua cabeça como platô. Deise me enfrentou dizendo que não iria ao AA, ela não era alcoólatra. Tudo bem, mas não quero cachaça aqui dentro, alertei. Ela deve ter transado bêbada, o segurança percebido a guarda baixa, oferecido carona na moto de entrega, foram juntos a dois ou três endereços, Deise esperando ao lado da moto segurando o capacete dele enquanto o amante toca o interfone para entregar a pizza das famílias de Pinheiros, antes de voltar se beijam preparando o banquete que vão desfrutar, os dois entram na pizzaria pelos fundos. Dona Cecília, tá ouvindo? Telefone.

13

Doutora, o prematuro veio a óbito, disse minha secretária do outro lado da linha. Havia sido meu único parto naquela semana, a mãe sabia que faria cesárea para sobreviver à síndrome HELLP, a placenta não se adaptou à gestação, o corpo rejeita a gravidez e declara isso quando a gestação já foi longe demais. É uma corrida contra o tempo, o fígado pode se romper, o sistema nervoso central sofrer hemorragia, edema nos pulmões, os rins vão parando em estafa na tentativa de resolver a placenta revolta. O prematuro nasceu via cesárea de emergência com vinte e três semanas, peguei aquele pão pequeno, quente e vermelho, sem unhas, sem cílios, cumpri à risca todos os protocolos indicados para tal desfecho. A parturiente contratou Paulo Cintra, obstetra com quem eu havia trabalhado em começo de carreira, ele andava fora do país em congressos, emendou um pós-doutorado na Espanha. A equipe não havia conseguido controlar a diabetes gestacional e a pressão arterial que subia um ponto a cada semana. Cecília, posso contar com você como backup? Eu seria suplente da neonatologista com quem ele trabalhava ultimamente, esta faltou por motivos pessoais e eu acabei acionada. Fui me tornando backup de alguns obstetras, deixando de ser a neonatologista titular. Ou porque encontravam profissionais mais simpáticos ou mais baratos. De fato, a neonatologia era também minha área, mas eu não fazia questão, preferia minha sala com viroses benignas. A mãe e o bebê ficaram separados por trinta horas, cada um numa UTI, as plaquetas baixas não ajudaram na cicatrização da cesárea, que evoluiu para uma infecção, havia sinais de falência renal. A mãe não viu o filho nem vivo nem morto, estava ainda sedada quando a secretária me telefonou. Já estão tomando as providências, dr. Paulo só pediu para te avisar. Minha secretária sempre se impressionava com óbito e me olhava como se eu pudesse ressuscitar alguém, a medicina é milagrosa para quem não a pratica. Não é falta de vínculo da minha parte, não tenho vínculo mesmo, mas cansei de ver colegas empáticos praticarem medicina de barbearia e, por outro lado, médicos pragmáticos e de pouco riso salvarem vidas apenas imitando o que aprenderam. Detesto crianças e não sou eu quem as trata, mas a medicina que estudei. Posso não me enternecer com um bebê, mas tratá-lo com mais eficiência que um Jaime ninando o neonato numa rede de crochê dentro da incubadora e evitando esteroides para não contradizer a natureza. Não foi o primeiro caso de óbito na minha carreira, vi uns tantos, o primeiro numa residência em hospital público do interior, gestação gemelar, os seios da mãe produzindo leite, o corpo se comportando como se os filhos tivessem vingado, o colostro vazando dos peitos imensos, a mãe juntando as mãos dos natimortos pedindo que fossem cremados juntos. Eu devia avisar às grávidas da Mãe Prana o que as espera em baixas porcentagens, ainda que baixos e raros, os riscos e agravos são um belíssimo anticoncepcional. Não se impressione, até na Escandinávia bebês e mães morrem no parto, eu disse à secretária. Doutora, posso confirmar um encaixe à tarde?

14

O encaixe era o filho do Celso. Mas ele não o trouxe, veio sozinho como da outra vez. Chegou sem a pasta de executivo, gostei de sua entrada natural. Ele sempre agia como se não houvesse intervalo entre nossos encontros. Como vai a pediatra? Tanto desta vez, como da outra, ele pagou a consulta para falar comigo, comprou uma hora de conversa privada no meu território, pagava logo que chegava à recepção. Não senti repulsa, ao contrário, eu precisava de um homem me achatando contra o chão, um corpo já conhecido, com o caminho andado, sem tratativas ou desconfiança sobre segurança física, talento zero para conseguir parceiro em porta de pizzaria. Celso estava excelente. Ele sacou que havia espaço e foi direto. Podemos voltar, minha esposa foi transferida para cá, vou morar em São Paulo. Voltar era um exagero, não queria aproximação extrema, isso eu resolveria adiante conforme ele passasse do limite. Com a hora de hoje, mais de mil reais para falar comigo, eu o lembrei. Ele resolveu usar o tempo pago para falar de sua rotina, estava sem aliança, disse que deu alergia, ia mandar fazer outra. Alongou-se sobre a mulher e o filho e não me irritou só pela má estratégia amorosa, mas porque não havia nada interessante numa executiva honesta e numa criança comum. Você pode jogá-la no Afeganistão que ela abre um negócio, ele disse. Um elogio desses na minha cara, provocação errada, antes de me aborrecer mais ele tirou do bolso duas passagens para Salvador. Consegue pegar dois dias da semana? Vou te descansar, Cecília! Ficaríamos trancados num hotel sem descer à praia, eu ganharia cor sem tomar sol. Antes de aceitar, ele precisava garantir que me encantaria até a viagem, que sustentaria minha inclinação já clara e desmedida, eu ali falando quase nada, ouvindo atenta sobre o mercado e a criatividade do setor produtivo. Celso me prendeu porque nunca olhava meu corpo, seu olhar sempre foi em direção ao meu rosto, como se fosse suficiente. Sei que era, é, tenho sinais de prazer no rosto em qualquer circunstância. Essa porta fecha, Celso, por dentro. Não demoramos, ele saiu sem deixar rastro, só entortou um pouco uma perna da mesinha infantil. Ele foi me buscar à noite para jantar, me esperava na porta do prédio. Onde? Direcionei-o até a pizzaria onde trabalhava o pai do filho da Deise. Ele estava na porta, vestido de preto, baixinho, olhar atento, mas não em nossa direção, roía unha tal qual Celso quando o conheci.

15

Acordei com a Deise produtiva, o Celso de volta e o consultório cheio. Pude enxergar meus próximos passos. Apesar de evitar condições graves, gosto de hospital. Não dos doentes, mas da potência; o preparo da cirurgia, o chamado inalienável, o ambiente de guerra com atiradores de elite sobre os telhados, tudo é súbito e precisa ser assertivo. Já confessei que a neonatologia não é o paraíso, só não é pior que a ortopedia, mas era meu campo, de onde estava sendo expulsa por profissionais incompetentes. Eu ganharia de volta a parceria com Maria Amélia. Não ouviria mais palestras do Jaime, não ia dar na vista minha impostura, isso estava resolvido. Só faria mais duas ou três aulas na Mãe Prana, estava cada vez mais certa de que acertando a doula eu derrubaria o Jaime. Cheguei com as mães já nos colchonetes, inchadas e sonolentas, a doula atrasada. Ela adentrou a sala com os olhos fundos, voz de quem não tinha bebido água nas últimas dez horas. Exausta, vinha de um parto domiciliar. Esta noite foi desafiadora, nasceu Carminha, filha da Nati que esteve com a gente desde o primeiro mês de gestação. Como ela está?, perguntou uma grávida. Está no hospital com a criança, as coisas foram se complicando, o colo não amolecia, ela não engrenava, precisamos transferir a Nati para o hospital. Estou vindo de lá, estão sendo atendidas. Para o meu deleite, outra grávida perguntou o que eu precisava saber. Onde ela está? No Itaim. Todas ali teriam os filhos na mesma instituição médica com filiais na cidade, nem era preciso dizer o nome, só o bairro. A maternidade era uma das melhores e a única de excelência que oferecia quarto preparado para o parto natural, banheira de hidromassagem com lâmpadas coloridas nas laterais para tingir a água morna de roxo ou laranja, conforme a vibração da mãe. Qualquer grávida daquela sala sairia da banheira engatinhando até a cama exigindo analgesia e um médico que a domasse. A maternidade era também das poucas que permitiam a entrada de doulas, aliás, elas, Jaime e mães me atirariam pela janela do prédio tantas vezes que não sobraria nenhuma parte atirável, mas isso não ia acontecer, eles não sabem o que eu penso. Mas está tudo bem?, insistiu outra grávida. Claro, não se preocupem, ela teve assistência humanizada o tempo todo. A recepcionista entrou na sala com uma garrafa de água para a doula, que a bebeu sôfrega, retomou a voz e o tônus, procurando não parecer afetada. Nati logo mais vem aqui dividir sua experiência. Certeza que a paciente não estava bem. A aula começou, a duração de quarenta minutos me custou umas duas horas, dali fui correndo ao Itaim.

16

Enfiei o carro na primeira vaga que encontrei na maternidade, mal bati minha porta vi o carro do Jaime. Um jipe com adesivos ecológicos que reconheci de imediato, ao fim de sua palestra na Mãe Prana eu fui para a rua e, antes de alcançar meu carro, o mesmo jipe estava à minha frente, suas portas foram destravadas à distância, não olhei para trás, ouvi a secretária gritar ao Jaime os últimos recados, aos quais ele assentiu. Na garagem da maternidade, sem ele por perto, esquadrinhei seu carro por dentro. Amuleto chinês pendurado no retrovisor, um dragão com a boca aberta, no banco de trás, revistas de odontologia, do parceiro dele, calculei. Um neonatologista namorando um dentista, o dentista que deu o primeiro banho no próprio filho na suíte da maternidade enquanto a puérpera tomava comprimidos para apojadura. Jaime estimulando o pai a criar o contato que se estenderia para a vida, construindo conexão na *golden hour*, aproveitou a fenda que a ocitocina abriu para seduzir o dentista, que se viu diante de um homem valioso, da ciência, apto a abrir um corpo, pegar o coração por trás e arrancá-lo se quisesse. Eles se encontraram depois sem muita conversa, a libido incontinente e sem solução. Como eu, Jaime tem um amante casado. No assoalho do passageiro da frente havia uma lata de Smirnoff Ice, olhei atrás, mais duas. Jaime e o dentista deviam buscar ânimo numa sauna ou numa academia vespertina, certamente levaram para o hotel um menino deprimido e suburbano deslumbrado com os doutores. Mas curioso foi o bagageiro, sacolas de mercado com caixas de ovos, oito caixas de ovos, fariam quindim aos domingos como duas senhoras em paz. Os pneus gastos denotando negligência com a segurança, tentei achar o sachê de lavanda escondido para embaralhar o amoníaco da maconha que ele traga a caminho do parto, claro que se permitia. Eu devia usar tudo a que tenho acesso, substâncias que soltam as rédeas, mas gosto do meu cavalo correndo em pampa cercado, suficiente para exibir rabo e crina sem escoriação mata adentro. Vendo Jaime, parece bom galgar alto e solto, sorte dele que eu não ultrapasse limites. Peguei o elevador sabendo que o encontraria e ele me chamaria de Cláudia, aluna da Mãe Prana.

Jaime devia estar em ação numa das salas de parto ou visitando o bebê do parto domiciliar. Corri para o conforto médico. Uma anestesista dormia numa caminha improvisada com duas poltronas, ao fundo a secretária responsável pelo auxílio administrativo cochichava ao telefone. Entrou um jovem apressado, sapato polido, credenciado para entrar com pacotes de viagem. Ele foi, com propriedade médica, tirar um café na máquina e se sentou numa das cadeiras de olho em mim, primeira cliente do dia. A doutora tem um tempinho? Nem o ar condicionado sufocou a ardência que ele exalava ao gesticular, colônia acre, cozida na axila. Tenho um cruzeiro no Báltico, pegando Estocolmo e São Petersburgo. Deixei que me mostrasse o prospecto com fotos da cabine, defendeu uma suíte com varanda unindo luxo e funcionalidade, prioridade no embarque, escolha de travesseiro adequado para o meu repouso e convite para o coquetel do comandante. Agradeci. Chegou uma instrumentadora cirúrgica, eu a conhecia de vista, havia sido advertida por filmar a sala de cirurgia da qual estava incumbida de garantir a assepsia dos materiais e do preparo operatório. A punição foi deixar o celular no conforto médico, junto à secretária, antes mesmo de vestir touca e roupa de trabalho. Ela foi para a máquina do café ainda mais médica que o corretor de viagem, pegou o copinho quente e resgatou o celular. Mal ligou o aparelho e o rapaz a abordou com um resort *all inclusive*, três dias na Bahia. Com essa amigdalite eu só quero minha casa, ela disse, irritada e doente.

A secretária era risonha demais para um hospital, estava especialmente mais receptiva. Abordei a moça feliz na mesma vibração, sorrindo, posso ver a agenda de cirurgias, meu bem? Comecei pelo nome da paciente, Nati devia ser Natália. Achei. Entraria em algumas horas para uma histerectomia, provável indicação no caso de placenta retida ou enraizada no útero, ou de ruptura uterina num parto normal depois de uma cesárea, a cicatriz anterior se rompe com as contrações. Jaime entrou no conforto médico. Fiz questão de cumprimentá-lo e me apresentar. Disse que menti meu nome na Mãe Prana, também não havia revelado minha profissão para que as grávidas não me abordassem. Tudo bem, Cláudia. Jaime me deu importância nenhuma, não quis alongar a conversa, nem guardar meu nome certo. Perdi, aborto espontâneo. Lamento, ele respondeu. Parei por ali, mais uma frase minha e ele desabaria insone, pediu licença para apanhar um café. Aproveitei a deixa e segui para a UTI adulta.

17

A paciente estava sedada e a recém-nascida em observação devido à hipóxia intraparto, na enfermagem, perguntei ao chefe detalhes do quadro. A bebê entrou aqui cianótica, eu perguntei para a mãe se ela estava sozinha em casa, ela não abriu a boca, mas o marido soltou que estavam a doula e o pediatra.

Jaime, claro. Doula e Jaime estavam na mesma culpa, a expiação, a insônia da clandestinidade. Consigo imaginar a festa, a piscina de plástico contaminada com as fezes da mãe que, ao entrar em trabalho de parto ativo, tem seu intestino aguçado, a doula pesca as fezes com uma peneira que alguém traz da cozinha, sem falar do mecônio tingindo de musgo não só a piscina como, bem antes, o próprio líquido amniótico. Posso ver a doula sentada na beira da piscina dando colheradas de lasanha de berinjela para a gestante, uma para ela, outra para o cachorro que deixam na sala para comungar o milagre da vida, mandando o marido ferver mais água para entornar a panela na piscina que vai esfriando com o cair da tarde. Só que o bebê estava em desproporção cefalopélvica, disse o enfermeiro. Há obrigatoriedade de denúncia ao conselho regional de medicina sobre a prática. Jaime teria o registro profissional cassado por negligência, imprudência e imperícia. Digamos que ele tenha sido chamado às pressas pela doula da Mãe Prana, afinal era a Natália, ele a conhecia, nesse caso sua conduta seria orientar a chamada de uma ambulância equipada que a levasse à maternidade mais próxima enquanto ele se direcionava até lá providenciando a estrutura do atendimento. Mas não, Jaime desmarcou o jantar com o dentista e a sauna com o suburbano para atender um parto na casa da parturiente, ajudou a encher a piscina onde cabem duas crianças, ainda era inverno, a vizinha do sobrado geminado emprestou o aquecedor portátil, porque o deles tinha quebrado, sem saber para qual finalidade, além de aquecer a sala, não levar a paciente à hipotermia. Natália achou que aquilo que abria seu quadril por força do comando fisiológico ia levá-la a relaxar a ponto de ter prazer. A doula deve ter mostrado pelo celular o vídeo da canadense que geme numa banheira similar até zerar a tensão pegando o próprio bebê escorrendo, tendo como companhia apenas quem filmava. Veja, querida, conecte-se! O celular quase sem bateria de tanta mensagem que a doula trocava com as amigas sobre retiros em chácaras, enquanto Natália se convencia de que faria tudo sozinha. Nada como andar na linha, eu me vi alinhada aos planetas reais, submetidos às leis de Newton, e não aos astros da Mãe Prana visualizados num mapa medieval sem coordenadas visíveis, tentando localizar o rio onde a mulher natural parirá um sabiá. Inclusive tem mais, a doutora doula estava concluindo curso de enfermagem obstétrica. Ia vender pacote do amor, parto ativo e psicoprofilático usando técnicas de relaxamento como rebolar numa bola, longe da peridural. Estou certa de que ali também e outra vez, mãe, doula e pediatra me detestariam se soubessem de mim, dizendo que eu não entendi nada, me afogariam na mesma piscina logo depois de a grávida parir, com todos os mucos do nascimento. Eu aguardaria a evolução do quadro nas próximas vinte e quatro horas. Excitada e comovida com o vento a meu favor, voltei para o meu consultório.

18

Atendi ao menos dez crianças, um dia produtivo. Metade delas com gastroenterite leve, que exige hidratação e observação, o que qualquer mãe ou babá faz sem reclamar. Eu estava contente, pendurei um macaquinho de pelúcia no meu estetoscópio para alegrar os pacientes. Ele estava ainda embalado na gaveta, meu pai havia me dado de presente, ele pendurava uma girafinha e um coelhinho no dele, os bebês tentavam pegar os bichos enquanto ele auscultava a frequência cardíaca e respiratória. Um dos pacientes chegou com a babá, bebê de onze meses. Ela trouxe o menino porque a mãe tinha reunião, o pai está fora, como eu fico com ele antes e depois da escolinha, boto para dormir, para acordar, banho, tudo, a mãe sabe que eu conheço o Miguel melhor que ela, ele está muito cansadinho, agora com essas manchas nas costas, falei para ela, isso é leite em lata, se desse o normal, não tinha isso, ela me manda fazer o leite bem grosso com muito pó para aumentar gordura e o Miguel subir o peso, em casa eu amassava meio pão amanhecido no leite normal para engrossar, a senhora sabe se eu posso dar vermífugo para ele? A babá tinha o cheiro do bebê, ao me entregar a criança para que eu a deitasse na mesa de exames, a mulher espreguiçou as costas e pediu licença para atender o celular fora da sala, não ouvi celular algum, ela devia ter sentido a vibração dentro do bolso. A mulher não voltava, o bebê estava examinado, quieto com o chocalho que deixo na beira da mesa, as pernas para cima soltando vogais, a criança estava saudável, mancha nenhuma em parte alguma. Interfonei para a minha secretária pedindo que a senhora voltasse para a sala, sem demora, a criança estava pronta. Ela saiu da recepção, vou verificar lá fora, doutora. Se o bebê chorasse eu tinha um arsenal de pelúcias com ruídos para entretê-lo até a babá voltar. Ela entrou ofegante, a secretária interfonou ao mesmo tempo, avisando que a babá fora resgatada falando ao celular na frente do elevador. A babá voltou sem traço maternal algum, voltava da vida pessoal da qual tratava, pegou o bebê. Tem nada, agora é só retorno periódico. Ela fechou a porta sem se despedir, pensei no azar de a criança ter esse trio: essa mãe, essa babá, essa pediatra. No mesmo dia outro paciente me chamou atenção, não a criança, mas a mãe, um abatimento que a pôs corcunda, blusa suja do vômito que a criança jorrou no caminho, essa já limpa e recomposta. Está vomitando desde ontem, cocô aguado, mas está espaçando, ela disse. Notei a pele seca dela, à beira da descamação, olheira de cardíaco, gestos lentos e atrapalhados, organismo trancado em jaula sem água e sono. O bebê apresentava uma gastroenterite absolutamente contornável. Aviei uma receita de relaxante muscular para a mãe. Tome nos próximos três dias e durma, esqueça o bebê, ele vai crescer e se lembrar de você como uma senhora triste. A minha é, pensei. Antes do último paciente, telefonei para a enfermagem da maternidade. Mãe passa muito bem pós-cirurgia, a bebê até pegou o peito. Era uma pena, se ao menos a mãe se mantivesse em estado crítico, facilitaria, mas Jaime tinha sorte. Estava chegando em casa quando recebi mensagem da Maria Amélia. Cecília, pode entrar comigo amanhã? É uma cesárea eletiva. Desculpe te reservar em cima da hora, mas Jaime vai viajar.

19

De volta à equipe da Maria Amélia, encerrei minha pesquisa de campo na Mãe Prana. Meu objetivo estava a dois metros do nariz, eu podia desacelerar o cerco. Celso enviou mensagem dizendo que eu podia ligar no novo número que havia acabado de comprar só para nós. Estava sócia do casamento dele, enterrada em sua condição familiar. Celso terminava nossa comunicação escrita às dez da noite, sempre com a mesma justificativa. Cacá tá chamando, tenho que ir. Cacá, a esposa o chamando para deitar pontualmente às dez da noite. Celso era pateta, só tinha a seu favor saber me descansar, quase apagar. Convidei-o para jantar, quis comemorar o bom momento, ele recusou. Não fica brava, por isso insisto na viagem que até agora você enrolou e não fomos. Segundo ele, seria um seguro parque temático amoroso, nós dois andando de mãos dadas na calçada de algum vilarejo, sem hora para amanhecer, transando como se cada um fosse embora, fingir despedida. Eu não corria risco algum, eu podia lhe dar a mão na Fradique Coutinho, ele não, estávamos em filmes diferentes. Eu só queria o jeito como ele me estocava, descontrolado e contínuo, nunca terminava. Jantar sozinha não era ruim, eu também tinha que dormir cedo para a cesárea eletiva no Itaim. Deise deixa pratos prontos congelados, porções com valores nutricionais exatos para o meu peso, nível de atividade e minha longa expectativa de vida. Do congelador abarrotado, tirei um peixe com purê de abóbora. Ouvi barulho ao fundo, Deise estava lá com suas coisas. Tocou o celular, Celso. Vou aí correndo, tenho meia hora. Terminei minha refeição e fui para a ducha quente esperar o fornicador. Celso chegou com tudo. Deise certamente nos ouviu do fundo, eu precisava relaxar. Fui até a cozinha pegar refrigerante a pedido dele, na volta o encontrei cochilando. Engoli a coca-cola sabendo que ela não brigaria com o meu sono chegando a galope. Não acordei Celso, me deitei a seu lado. Amanheci com o despertador, ele não estava mais, não o ouvi sair. Tomei meu café, Deise apareceu na cozinha ligeira e leve como se também tivesse transado, imaginei o segurança em algum cômodo, me deu desconforto. Perguntei se ela não precisava fazer mercado. Tem tudo. Mandei ela ir assim mesmo para me trazer um absorvente, rápido. Tem pacote fechado no seu armário. Deu alergia, Deise. Enquanto ela foi à farmácia entrei em seu quarto. Sem cheiro de homem nem sexo amanhecido, porém havia roupa dela no chão, a cômoda aberta com roupas dobradas de bebê, estranhei, o bebê não ia morar com a gente, me dei conta de que deveria ser mais rigorosa com o seu retorno, mudaria o regime empregatício para uma a duas vezes por semana, sem criança. No mínimo ela traria até mim para examinar qualquer cólica, havia tempo para me livrar disso. O celular tocou, era Celso. Você nem se despediu, eu disse. Despertei às duas da madrugada, Cacá e Bruninho estavam acordados, até o Bruninho me esperando. Fiquei muda e irritada, não ia dar, eu acharia outro homem numa cidade desse tamanho. Justo ontem a Cacá teve sangramento, ele continuou, quase perdeu. Perdeu? Ia te dizer, ela tá grávida.

20

Era muita grávida na minha vida. Mandei Celso à merda e desliguei o celular. Ia entrar com Maria Amélia numa sala de cirurgia de um grande hospital de São Paulo, participar da cesárea de uma parturiente importante, a melhor dermatologista do país. Minha vida era dinâmica o suficiente, sem necessidade de executivo casado com uma Cacá, um Bruninho e um bebê por vir.

Cheguei na maternidade a tempo de saber notícias da paciente atendida pela Mãe Prana. A parturiente estava cada vez mais perto da alta, o bebê então, estava ótimo, segundo o enfermeiro. Resolvi esquecer aquela família. Encontrei Maria Amélia já no bloco cirúrgico, a dermatologista estava preparada para receber a raquianestesia, o marido segurava a mão dela hidratada, sem manchas, rosto idem. Ela me cumprimentou com duas piscadas seguidas, reconheceu minha função pela touca cirúrgica com estampa de corujinhas unissex, respondi com um aceno. A parturiente estava íntegra, não conheceu o tremor planetário da contração uterina, adiantou o parto em duas semanas em concordância com a equipe. Maria Amélia fez a primeira incisão no método Joel-Cohen e preferiu bisturi elétrico. Corte impecável, camada a camada, abriu o peritônio com os dedos até avistar o útero para o último talho. Mergulhou a mão víscera adentro, extraiu lindamente o bebê, partiu o cordão umbilical e clampeou a criança antes de me entregá-la. Maria Amélia puxou o cordão solto da mãe até vir fora a placenta, a dermatologista estava pálida, a pressão despencando. Enquanto Maria Amélia exteriorizava o útero para suturá-lo, cuidei do bebê, que precisou ser aspirado para estimular o reflexo respiratório, o tônus muscular podia ser melhor, dei Apgar seis ao quinto minuto. Até ali, o bebê não havia chorado, deu uma única tosse baixa e úmida, não ouvimos o vagido da saúde. Estabilizado, limpei o sangue e o vérnix, fiz com esmero, ficou nada em dobra alguma, embrulhei o bebê na manta, pus a touca com o nome da maternidade e o levei até o rosto da mãe, sua única parte operacional. Imóvel, ela não viu muito bem o que tinha parido, o pai fotografou usando um flash que se diluiu na luz extrema da sala cirúrgica. Eu precisava examinar melhor o bebê longe da mãe. Expliquei à dermatologista que ela voltaria a ver o filho no quarto, não ia demorar, que ela aproveitasse para descansar. Só liberei a criança para o quarto depois de alguns dias, apresentou icterícia intensa nas primeiras horas, iniciei investigação e tratamento. Mais tarde, Maria Amélia foi até mim na ala pediátrica, agradeceu minha companhia em mais um parto. Eu estava satisfeita com a rotação da Terra voltando ao eixo. Ela comentou que Jaime tratava icterícia com alojamento conjunto, o berço de fototerapia ao lado da cama da mãe, isso quando não dava alta e orientava os pais a alugarem o aparelho fototerápico e dar seguimento em casa. A brecha para queimar Jaime estava escancarada, mas mantive a elegância, nem era preciso fazer intriga, era só ser competente e muda, meu lugar seria restaurado, sem escândalo. Comuniquei a ela a entrada do bebê na intensiva, a decisão era adequada ao quadro, eu administraria drogas para aumentar o metabolismo e facilitar a excreção da bilirrubina, o nível sérico preocupava, diarreia na última hora, uma transfusão podia evitar sequela neurológica. Maria Amélia estava feliz com a minha postura diligente, usando dados concretos e não conversa de canto, sem Jaime e a doula confabulando para que os protocolos não fossem realizados, protocolos que não se encaixam nas evidências que eles leram na borra da xícara de café. Nossa conversa sobre Jaime não precisava avançar, eu não tinha sequer que me gastar fazendo denúncia ao conselho. Minha conduta se impunha sobre a prática de Jaime, que deixava a natureza fazer o que quisesse. Claro que eu me perguntava sobre a razão daquela parceria um dia ter surgido, eles eram incompatíveis. Maria Amélia era uma obstetra com mais de oitenta por cento de cesárea, não levava em conta qual parto a paciente sonhava ter, sabia conduzir, tinha excelente mão para sutura, a cicatriz era mínima, acumulava experiência. Jaime fazia parto domiciliar clandestino, mas também atendia mulheres que queriam cesárea, ele circulava em qualquer espectro de escolha. Os dois juntos eram a opção das grávidas com coragem, mas nem tanto. Aliás, paciente nenhuma escolhe neonatologista, essa sempre foi uma decisão do obstetra, mas as parturientes que faziam ioga na Mãe Prana saíam prontas para se opor ao sistema médico do Itaim, sem sair do Itaim. Dei alta para o bebê depois de quatro dias, mas ele não voltou para casa, ficou com a dermatologista que se recuperava da cesárea, estava sob cuidados apresentando inflamação persistente e anemia.

21

Quando tenho neonato internado, a rotina do meu consultório fica mais atribulada: pacientes realocados na agenda, minha secretária a todo momento me ligando para ajustar as coisas. Assim que dei alta ao recém-nascido da dermatologista, ainda pela manhã, fui dar conta do consultório. A secretária avisou que o paciente já estava em minha sala, ela fez um sorriso cínico, claro, era Celso. Passei antes no lavabo da recepção, lavei o rosto, passei água na nuca, ele conseguia me alterar mesmo que em seguida algo nele me desanimasse. Eu ia me trancar com ele na sala e ele sairia de lá depois que me renovasse, o próximo paciente chegaria em quarenta minutos. Entrei fleumática no consultório, fingindo surpresa. Celso estava na minha cadeira e me puxou pelas costelas. Fechei os olhos e o imaginei sem família, me dei conta de que eu me importava com isso. Eu não tinha chance alguma contra a família, lembrei ainda que eu era uma gangorra e o divórcio dele não garantiria meu interesse, sempre flutuante. Celso, tem que ser profissional isso aqui, tenho meia hora. Fomos para o chão, sem ranger móvel, musculatura afrouxada, pés soltos para o ar, empurrava seu quadril contra o meu, mesmo não sendo necessário. Em meia hora estávamos esgotados e eu pronta para mais uma rodada, ele também. Passo em sua casa à noite. Hoje não posso, eu disse, a gente se fala. Nove horas na sua porta, respondeu, indo embora. Para não entregar o comando a ele, não fui para casa, do consultório fui jantar na pizzaria onde trabalhava o pai do filho da Deise. Celso também estava preso a mim, justamente porque a esposa estava grávida. Ele não sairia mais da minha casa, voltando para a dele quando a gestante estivesse dormindo com o travesseiro entre as pernas para diminuir a dor na lombar. A pizzaria estava fechada, faltavam dez minutos, acendi um cigarro. De uma porta que eu nem havia reparado saiu o segurança da Deise, calçava tênis estudantil, devia ter uma arma na cintura. Abriu ainda não, ele disse. Vou esperar aqui. Sem problema, ele respondeu. Pena Celso não ter a voz do segurança, eu acabaria com seu casamento num telefonema, mentiria para a mulher dele que estava grávida, se é por filho, também gesto um, a perder depois, claro. Se tiver entrega, espero a pizza em casa. O segurança esclareceu que era o segurança e não entregador. Desculpe. Tudo bem, a senhora mora perto? Expliquei exatamente onde eu morava. Sei qual prédio, respondeu, tenho uma amiga lá. Devo conhecer, como ela se chama? Deise, ela é do mesmo bairro que eu, fim da zona sul, longe. Quer dizer, eles se conheciam de longuíssima data, ela não passou na porta da pizzaria, disse oi e ficaram juntos, ela foi trazendo o homem para perto, talvez vizinhos e próximos desde sempre, iam para a mesma igreja, a mesma cerveja aguada no bar, Deise foi ao casamento do cara, madrinha no altar, maquiada e triste, conhece os filhos do segurança, deu macacão de plush de presente quando nasceu o primeiro, voltavam juntos de Pinheiros para a zona sul no mesmo ônibus. Deise que me avisou dessa vaga de segurança, conhece ela? Muito, trabalha na minha casa. Você é a médica?

Abriram a porta da pizzaria. Prazer, seu nome? Robson. Entrei sentindo a presença dele, acabei com um pires de azeitona, pedi meia pizza de presunto e uma taça de tinto. Celso devia estar na portaria do Quinta dos Açores. Pedi para embrulhar um pedaço que sobrou, paguei a conta e me dirigi estranhamente tímida para a saída. O segurança acenou com o rosto. Entrei no carro desorientada com minha capacidade de envolvimento instantâneo. Interessante o Robson. Já na minha rua vi Celso no portão do prédio, ele ouvia algo pelo interfone, o porteiro avisando que dona Cecília não estava. Dei duas voltas no quarteirão até ele sumir.

22

Subi querendo ver Deise, reparar o que nela atraiu Robson. Fui até o seu quarto, ela dormia profundo, roncando como homem, vestia camisola curta, o lençol embolado nos pés. Nada que pudesse atrair uma mosca, mesmo desconsiderando a gestação. O segurança iria ao teto comigo, uma médica macia sem medo nenhum de moto. Ela se mexeu de repente, devia estar sonhando, corri para a cozinha. Abri meu pacote da pizzaria, o pedaço frio deixou o presunto mais salgado, Robson devia comer todos os dias um pedaço daquele, levar o pacote para o extremo da zona sul, abrir com a esposa e os filhos, um deles tirado da escola para aprender a cortar cabelo num salão misto de criança, adulto e velho, enquanto a filha mais nova se faz saliente no portão, certeza que seus filhos eram adolescentes, Robson fecundando São Paulo desde os dezessete anos. A senhora precisa de alguma coisa? Deise chegou à cozinha sem que eu percebesse, fingi não me alarmar. Sente aí, pedi. Ela primeiro encheu um copo com água, bebeu de uma vez e se sentou. Conheci Robson. Meu Robson? Deise reparou os rastros da pizza no meu prato, o papel de embrulho da Pinheiros Pizzaria. É boa, ela disse. Quantas pizzas da Pinheiros ela não comeu com o Robson? Ele falou alguma coisa, dona Cecília? Nada, nem era o caso. Robson não fala comigo há três meses. Deise estava no terceiro mês. Mesmo sendo casado, Deise, ele tem que saber. A mulher dele é minha irmã. Irmã de quem?, perguntei. Minha. Era muita ousadia, impossível olhar para ela tão sólida diante de mim, não porque achei imoral, mas porque ela deixava acontecer. Lambi meus dedos para colar neles as migalhas de pizza espalhadas na mesa. Deise se levantou, não por reação ao meu silêncio, mas por ter externado sua situação cheia de excessos, por ter se ouvido. Deise, acontece. Ela se sentou outra vez. Por que não tirou?, eu encaminho, ainda dá. Nem pensar, dona Cecília. Eu também não gosto, não trabalho com obstetra que faz, mas a mãe vai embora tranquila, sem ver o fim, é o profissional que cuida do desfecho, colocamos o feto num saco vermelho escrito "peças anatômicas", quando tem menos de meio quilo vira resíduo de serviço de saúde. Deise protegeu a barriga, incomodada. Fica tranquila, Deise, aqui você está protegida. Ela me abraçou e percebi que tinha exagerado no tratamento, deve ter vazado minha simpatia por Robson para ela, uma incontinência psicológica, eu estava consumida, precisava dormir e não ver grávida, feto, criança, medicina, gente. Deise voltou para o quarto, eu fui para o meu. Não consegui dormir, andava despertando pontualmente às três da manhã, precisei tomar providência. Antes de beber um copinho de Martell com dez miligramas de zolpidem, pensei em ligar para o Celso. O celular que comprou só para falar comigo não ia parar de tocar até que ele o encontrasse entre os papéis contábeis enfiados na pasta de couro em algum lugar da casa, tocaria até tirar a gestante do sono reparador. Liguei, ninguém atendeu. Não ia atender, chateado porque não me encontrou, ao mesmo tempo com desejo estocado nos testículos, conheço, muito em breve ia pagar outra consulta com a pediatra.

23

Deise me trouxe o café emburrada, eu estava lenta, entorpecida pelo sono induzido. A senhora foi dormindo até o meu quarto. Eu? A senhora. Fiz alguma coisa? Jogou as fraldas do armário no chão. Por que não me acordou? Porque a senhora voltou para o quarto. Não era comum, mas tive sonambulismo por efeito do remédio com conhaque. Não vai se repetir, Deise, foi a medicação, misturei… Não terminei de falar, lembrei do alcoolismo da empregada. A senhora misturou com bebida, tudo bem. Achei Deise insolente, ter confessado garfar o marido da irmã a deixou mais solta. Estranho é que eu me sentia mais íntima dela também, isso porque só ouvi duas frases do Robson, ele pareceu nos costurar. Quando voltar à pizzaria, diga para ele me procurar. Direi.

Celso não foi ao consultório. Lembrei do Robson durante o dia, estetoscópio no peito da criança de dois anos, ouvia seus batimentos imaginando a irmã de Deise, mais velha, a que saiu primeiro de casa porque engravidou do namorado que nem era o cara por quem tinha se apaixonado, gostava de outro, porém esse outro era lento, dono do mercadinho, não via nada além de engradado de cerveja e botijão de gás. A irmã avisou à família, Robson assumiria o filho e os outros que viriam, ele não tinha problema em assumir filhos, todos seus. Deise, quando conheceu Robson, sentiu na hora que a casa era pequena para os dois, a sala estreita, a força gravitacional violenta, Deise saía do cômodo e continuava a girar em torno dele, Robson deixando claro que sabia o que acontecia, seguro e sem pressa. Ele e Celso tinham em comum a confiança de que as mulheres precisam deles. Doutora, ela está com alergia na virilha, queria que visse, não está legal, ela coça enquanto dorme, a pomada não adiantou. A menina estava com uma assadura alérgica, eu encaminharia a paciente para meu colega especialista, como de hábito. Outra mancha atópica na nuca, a mãe não havia reparado. Isso foi do xampu, tenho certeza, ela só come orgânico. Fique tranquila, criança atópica é mais inteligente. Antes burra e não me desse trabalho, a mãe disse. Era raro que as mães reclamassem dos filhos tão cedo e na frente deles em meu consultório, eu reparava sempre no que escapava de suas mentes embotadas pelo comando hormonal autoritário, química pesada. Nessa tarde atendi mais três alérgicos, todos encaminhados para o mesmo colega, que me agradecia a generosidade. Doença crônica na minha sala não ia dar, ainda que eu soubesse o manejo dos medicamentos para alergia. Inclusive era bem-visto o encaminhamento para especialistas, não arranhava minha ética.

Na agenda, nada indicava que Celso voltaria nos próximos dias. Ele marcava consulta deixando nomes diferentes a cada vez para não estragar a surpresa, porém todos os nomes ali eram familiares, retornos e consultas de rotina de pacientes antigos e recentes. Lamentei, Celso incinerava meu excedente. A próxima criança estava atrasada, aproveitei e fui visitar meu pai, vizinho de andar. Ele estava em atendimento. Sala de espera lotada, minha vontade de ser protegida pelo pai médico que sempre soube o que fazer ia ter que esperar. Ele trabalhava com encaixes quase todos os dias, desde famílias que haviam acabado de diagnosticar a diabetes até as crianças que eventualmente descompensavam o quadro, passando pelos casos em que o tratamento nunca alcançava voo de cruzeiro. Dei um prazo de cinco minutos para que saísse uma família lá de dentro e eu pudesse lhe dar um beijo, a porta se abriu por dentro, uma mãe com criança de colo saía com aquela exaustão, não só ela, mas a criança tinha aspecto de grande esforço vital, não que estivesse com sinais vitais em queda, senão estaria no hospital, mas com a vitalidade geral baixa, o desgaste metabólico. Corri para dentro da sala. Meu pai com expressão serena, que eu sei, é porque a medicina funciona, e porque ele não era uma mãe-pâncreas, dormia a noite inteira. Filha! Sentei em seu colo, ninho desde menina, seu aroma de limpeza imaculada. No mesmo andar e não nos vemos há trinta dias. Tudo bem, pai?, perguntei saindo de seu colo. Claro! Não deu tempo de perguntar sobre a minha mãe, houvesse qualquer coisa, ele diria. De volta ao meu consultório, a secretária pareceu ter novidades, segurando a agenda como uma travessa de prata. Acabou de entrar encaixe, pediu o primeiro horário vago. Ela sorriu, cúmplice, achei que fosse piscar, tentando amizade. Perguntei se a voz era conhecida. Sim, é o pai que vem sozinho.

24

Havia um atendimento antes de Celso chegar. Paciente chegou com a mãe, a avó atrás trazia a bolsa de fraldas no ombro, o bebê gemia, aferi quarenta graus. Falei para ela, dra., vamos ao pronto-socorro, mas ela foge de hospital. Relaxa, mãe, melhor aqui. As duas trocaram mais duas frases enquanto eu terminava de despir a criança. Manchas vermelhas atrás da orelha que ameaçavam descer pelo corpo, tosse, conjuntivite. Sarampo, falei. Administrei antitérmico e uma dose potente de vitamina A, não cobrei as medicações. Aviei a receita para a última dose da vitamina no dia seguinte, antitérmico, repouso, muito líquido e procurar atendimento se diarreia, desconforto respiratório, dor de ouvido. Posso te ligar? Neguei sem dizer não. Se ela piorar na madrugada, ideal o pronto atendimento, minha secretária estará à disposição para marcar um encaixe se necessário durante o curso da doença. Saíram superiores da minha sala, carentes do mimo de pediatra, deviam frequentar a Mãe Prana mais próxima, a mãe usava colar de pano, o sapato da avó era feito à mão. Fecharam a porta e eu suspirei, nuvens escuras nunca se instalam por completo na minha sala, elas vão embora e eu volto para o meu bem-estar habitual, o consultório vazio era tão agradável quanto minha casa.

Celso chegaria em instantes, tranquei a porta. Eu estava com saia até o joelho e meia-calça de lã, que arranquei em segundos, tirei a calcinha, juntei tudo na bolsa. A secretária avisou de sua chegada. Vai entrar, doutora, com a criança. Ela devia estar enganada, se Celso entrasse por aquela porta com seu filho eu examinaria o moleque muda e abriria a porta para que saíssem, igualmente muda. Isso se não esganasse os dois. Celso bateu na porta. Entre, disse. Antes do pai, veio o menino. O menino! Andando em minha direção como se me conhecesse, como se nos reencontrássemos depois de um breve período. Há menos de dois anos eu o havia pesado, auscultado, feito tudo o que se espera. O menino se lembrou de mim. O pai se ajeitou na cadeira à minha frente, Bruninho o olhou e foi só nesse momento que reparei em Celso. O menino pedia permissão ao pai para ficar ainda mais perto. Venha, meu bem, eu disse, com os braços abertos, as palmas abertas, aberta, inteira escancarada, meu rosto estava, minutos antes, retesado para a recepção e agora o tecido engomado da minha cara amolecia. Bruninho veio até o meu colo. Levantei o corpo gordinho, o cheiro de talco de que nunca gostei, nele estava alcalino, agradável, purificante, abriu a boquinha com a gengiva fresca rompida aqui e ali por dentinhos de leite, o hálito de metabolismo sem entraves, cabelo fininho tal qual o do pai, os traços do pai indicavam que era filho de Celso, não havia traços de mais ninguém, qualquer mulher poderia ter parido Bruninho, e essa mulher era eu.

25

Não tem quem não goste do Bruninho, disse Celso. Olhei para ele com superioridade, ele não sabia quem era o filho, eu sabia. Trouxe comigo porque Cacá está em casa de repouso, precisou costurar a boca do útero para não perder a criança, a babá está com dengue e hoje eu pedi folga da firma. Ele não tem nada, Cecília. Eu não dirigia a palavra ao Celso, não tinha nada para dizer. Muitas crianças potencialmente enternecedoras passaram por mim em todos esses anos, não vou negar que criança me aborreça, isso não mudou, acontece que Bruninho poderia ser um cavalo-marinho ou um abajur, por acaso estava manifesto numa criança, era ele e era meu. Bruninho desceu do meu colo e me levou pela mão até o chão da sala onde mandei colocar um tapete felpudo e uma caixa de brinquedos educativos, o menino pegou partes de uma girafa, escolheu a mais bonita e me deu o pescoço. Fala para a tia quantos anos você tem, pediu Celso. Bruninho não obedeceu, estávamos retomando nossa ligação que eu, no parto, interessada mais em seu pai, não havia percebido. Era meu filho. Havia um mundo a convencer. Bruninho se levantou e me abraçou sem largar, ficou em mim. Eu cuidei, cuidei direito, revi na memória os procedimentos feitos, coisinhas ao nascer que logo se dissiparam e ele era pura saúde na minha frente. O telefone tocou, o som me deu um pouco de realidade e me levantei, naquela altura eu ainda estava no tapete reconhecendo Bruninho. Cecília, seu pai está te chamando na sala dele, parece urgente. Meu pai nunca havia me interrompido, entrou no meu consultório uma única vez para opinar sobre o papel de parede antes da inauguração, ligava no meu celular e apenas depois do expediente. Celso, espere aqui, eu não demoro. Saí com emoção congestionada, sem metabolizar um palmo do que senti com Bruninho, indo em direção ao pedido de socorro do meu pai, duas pontas que se ligaram entre uma sala e outra. Na recepção havia um bebê à espera, cruzei indo direto ao meu pai, a secretária me acompanhou. Meu pai estava com dor aguda e contínua no peito irradiando para o ombro esquerdo e o pescoço, falta de ar, angustiado. Clínicas, ele conseguiu dizer. Os sintomas indicavam infarto do miocárdio ou embolia pulmonar, minhas pernas amolecidas, tontura repentina me desconectou, mas enfim me voltei ao eixo central, meu pai era a pessoa mais importante da minha vida, ficou clara qual era minha necessidade dominante, não deixar meu pai morrer. Auscultei seu coração, que emitia um ruído de fricção, abafado. Segurei sua mão, relaxa, vamos resolver isso. A secretária conversou com a mãe, que aguardava na recepção, prometeu remarcar a consulta no melhor horário possível, o doutor teria que sair às pressas para ver um paciente em estado grave na UTI, a mãe tirou da bolsa uma agenda, a secretária avisou que fecharia o consultório e remarcaria em outro momento, agradeceu pela compreensão, a mulher não insistiu, incomodada e ao mesmo tempo solidária com a gravidade de outra criança no hospital. O que ela tem? Cetoacidose, mentiu a secretária. A mulher saiu às pressas, com medo da complicação também acontecer em sua casa. Esperamos ela ir embora para não ver meu pai ser escorado por mim, um médico jamais cai na frente de um paciente. A secretária quis chamar nossa colega cardiologista que atendia no mesmo prédio, não deu tempo, a situação exigia estrutura de emergência, a secretária foi sentada atrás com meu pai, eu dirigindo rápido, não estávamos longe, bastava cruzar a Heitor Penteado e um pedaço da Doutor Arnaldo. No caminho, telefonei para outro colega cardiologista que já nos aguardava no hospital, também chamei minha secretária, mandando que segurasse Bruninho, não havíamos terminado. Eles foram embora, dra., assim que você saiu.

26

Minha mãe nos aguardava na recepção. Relaxem, vamos cuidar dele, nos disse o colega, encaminhando meu pai para os exames enquanto assinávamos os papéis de entrada. Ficamos sentadas na sala de espera durante a realização da tomografia, hemograma, eletro e ecocardiograma, ela chorou discreta, tentando não se exceder. Perguntou, se recompondo, como estava meu consultório, se eu estava bem. Estou ótima. O colega veio nos informar que meu pai apresentava pericardite aguda, as imagens não deixaram ambiguidade, havia derrame pericárdico importante, hemograma e PCR indicavam infecção, prudente descartar outra doença primária como lúpus, insuficiência renal, febre reumática. Ficaria alguns dias internado até a punção e a drenagem do fluido que escapou da membrana inflamada, fazer painel viral desse líquido, preocupação imediata era o tamponamento, entrara em terapia com colchicina, poderíamos ficar tranquilas, tinha todo jeito de ser um quadro agudo autolimitado, em duas semanas ele estaria bem, mas eram necessários cuidados para evitar recidiva, inflamação contínua levaria à pericardite constritiva, cirurgia certa. Qual o limite da recorrência?, perguntei. Pode voltar em até dezoito meses. Fiquei abalada com a iminência de outro susto em até dezoito meses, os fatores iminência, aproximação, ameaça, imediação. Ele reagia bem, medicado com anti-inflamatório potente, era a primeira vez que adoecia, jamais tivera qualquer problema, nem uma mísera enxaqueca, só resfriados bienais sem importância. Providenciei um tranquilizante para minha mãe, eu não quis tomar. Assim que vi meu pai, aflito de saber o coração batendo em espaço menor, mas apaziguado pelo prognóstico, confiante no colega, na medicina, em seu corpo, já com o humor costumeiro, retomei meu estado anterior. Foi meu pai sorrir para que Bruninho voltasse à primeira tela mental. Não era o Celso pequeno, era ele unitário, identificável, o menininho. Fui para a lanchonete, minha mãe ficou no quarto paparicando o marido, já mais bem-disposta. Não havia mensagem do Celso, liguei, só atendeu quando pareceu calcular se era hora boa ou não de me ouvir. Tudo bem, Cecília? Agora melhor, depois te conto, o Bruninho melhorou? O Bruninho não tem nada. Mas eu não concluí a avaliação clínica, volte com ele. Esqueça o moleque, vou para sua casa hoje. Celso nunca mais ia voltar ao meu consultório com o Bruninho, exagerei em ignorá-lo na consulta, ele não ia me dividir com o filho.

Desmarquei as consultas do dia seguinte e orientei que a secretária do meu pai fizesse o mesmo até a recuperação dele. Levei minha mãe para casa e fui receber Celso por algumas horas, depois eu voltaria ao hospital para dormir com meu pai. Como sempre, Deise estava nos fundos. Descongelei minha refeição e me sentei confusa à mesa, toalha estampada com galinhas, faca escorada sobre um pote aberto de manteiga, migalhas de pão que espanei com a mão, notei na fruteira uma manga verde, um mamão partido e uma chave de ignição de um veículo que não era meu. Fui até os fundos, ao me aproximar do quartinho ouvi qualquer coisa sussurrada, iluminei o quarto com a luz da lavanderia, vi Deise e Robson. Ela enrijeceu os ombros tentando se cobrir, seu corpo deitado de lado, os olhos ainda macerados em prazer, Robson atrás dela não interrompeu nada com minha presença, o rosto contínuo, sem mudança. Deise se desencaixou do segurança numa pressa assustada, puxou o lençol dos pés até o colo, seu polo foi do prazer ao pânico, eu não conseguia sair do lugar. O interfone tocou, era Celso. Desculpe, sua secretária falou que a senhora ia dormir no hospital, desculpe! O interfone tocou outra vez, mais um alerta, as emoções das últimas horas estavam em cascata, bati com força a porta, deixando o casal de volta ao escuro. A caminho da sala, pensei, Deise tinha o telefone do meu consultório, claro, mas não amizade com minha secretária, ou tinha? Robson na minha cama, a cama é minha, na minha casa. Celso chegou com a libido saindo em esporos e me abraçou. Caso Robson aparecesse na sala, Celso sentiria o ninho invadido, desprotegido, um lugar onde é preciso antes inspeção e vigilância, nada seguro para relaxar com a amante, nem criar o Bruninho. Conte o seu dia, ele pediu. Meu dia teve um filho, uma pericardite e um segurança nos fundos. Não disse isso, claro, primeiro o segurança precisava sair da minha casa. Robson foi embora pelos fundos, ouvi a porta, Deise foi rápida. Ela foi se deitar sem homem, sozinha, Celso poderia lhe fazer companhia, eu queria dois minutos para me organizar. Ele iniciou uma massagem em meu ombro, facilitou se posicionar atrás de mim sem me investigar de frente. Falei do meu pai, do susto, da vida imprevisível. Não quer sair um pouco? Celso queria me estabilizar para ter sexo e leveza, eu estava uma pedra, a massagem sem ritmo me incomodou. Avisei que eu tinha meia hora antes de voltar para o hospital, ia tomar um banho e sair, ele tentava disfarçar a decepção. Você quer terminar o namoro? Celso, meu pai teve um troço há algumas horas. Perdão, querida.

Servi uma cerveja e pedi que me esperasse na sala, ele veio atrás, eu estava impaciente com o grude, sem energia para convencê-lo a não me seguir até a suíte, tampouco seria bom mandá-lo embora, deixei que viesse. Entrei no banho, ele ficou em silêncio sentado na privada. Seu recuo me acendeu, abri o boxe e o mandei entrar antes que eu desistisse, me veio Robson sem nenhuma cerimônia pegando mulher na minha casa, me imaginei sendo inseminada por ele, balançada pelo quadril, os seios batendo um no outro, no início fiquei tímida ao sentir tanto prazer, depois mandei às favas, Celso e Deise estavam sozinhos, eu estava com Robson.

27

Celso me deixou no hospital. Me despedi dele com carinho, eu estava bem melhor, Bruninho, pericardite e segurança se juntaram e couberam num copo d'água. Meu pai dormia quando entrei, no banheiro vesti um pijama de flanela, espalhei máscara noturna para nutrir a pele durante o sono, forrei o sofá do acompanhante com lençol para me aninhar, deixei o celular desligado e tomei meio comprimidinho para não acordar quando a enfermeira entrasse para os protocolos. Despertei antes do meu pai, sua aparência dormindo me deu gastura, a iminência me deixou nervosa outra vez, o bote, o veneno na agulha dos dentes, a peçonhenta vai morder a panturrilha do meu pai, dele e minha, estávamos no melhor caminho possível, fugir ia atrair predadores com nosso cheiro de carne acuada e doce, ruminei a natureza no banheiro, tirando com água a camada de hamamélis da minha cara. Filha! Voltei ao quarto secando minha pele fresca, acordado ele estava vivo, os nervos mantendo expressão, suor e fome. Avise sua mãe que daqui vou ao consultório, nem passo em casa. Ele estava agoniado, fingindo que poderia cabular o repouso. Sua agenda foi adiada por dez dias, avisei. Ele pegou o telefone na cabeceira e desfez meu ato com quatro palavras. Volto em cinco dias, comunicou à secretária. O colega veio ao quarto informar o que desejávamos, não havia outra doença de fundo, a causa era viral, o próprio corpo poderia reabsorver o fluido do pericárdio, avaliariam com novo exame de imagem se o processo natural estava em curso, dores agudas estavam amenizadas, quase zero, lembrou meu pai. Hospital por pelo menos mais dois ou três dias. Cecília, assim que entrar a alta, me deixe no consultório, mesmo que eu ainda não atenda, sua mãe me enerva, vou descansar na minha sala. Primeira vez que eu o vi doente, primeira vez que o ouvi falar mal dela. O que a mãe fez, pai? Sua mãe é insuportável. Meu pai estava tão sincero que duvidei de tudo o que ouvira dele antes, não que ele não fosse sincero sendo ao mesmo tempo alegre, mas aquele tom metálico dava mais realidade, concretava. E eu? Você precisa cuidar da sua mãe. Seguimos mudos até o café da manhã chegar. Ele comeu com apetite, eu toquei numa torrada, disse que nos veríamos logo mais, me despedi e fui acabar meu desjejum na padaria perto do consultório. Meu pai era infeliz e eu soube minutos atrás, minha mãe tanto quanto ou mais, já que estava intragável, segundo ele. Cuidar dela nem pensar, há ótimas clínicas quando chegar o momento, vamos viver sem passar a linha do razoável, sem estreitar demais a relação a ponto de saturar meus sentidos, sem ninguém dar mais do que pode.

Minha agenda estava movimentada, dois partos agendados com Maria Amélia, por certo Jaime não havia voltado da viagem ou percebeu que partos clandestinos viriam à tona. Eu não ia fazer nada, quantas vezes não foi suficiente que eu apenas me aproximasse da situação. Influencio a cena sem me mover. Peça para entrar, pedi à secretária. Vieram mãe, babá e avó, uma criança do tamanho do Bruninho. O paciente apresentava eventuais dores de cabeça, havia tido uma enxaqueca forte nas férias a ponto de o levarem ao pronto-socorro, lá pediram que os pais dessem seguimento com o neurologista ao chegar em São Paulo. Preferi vir aqui, antes, achei neurologista exagero, disse a mãe. Eu vou examiná-lo, mas vou pedir tomografia para adiantar, leve o laudo e as imagens ao neurologista pediátrico, vou indicar um excelente profissional, precisa acompanhamento adequado. A mãe ficou preocupada, era mesmo caso para um especialista. Não fiz questão de neutralizar o peso, a mulher já havia negligenciado o conselho médico anterior, precisava de um incentivo maior. Foi meu primeiro atendimento depois do impacto com Bruninho, prova de que eu estava imune ao magnetismo de outras crianças, continuava uma profissional equilibrada sem impulso de rolar no tapete. A tarde se estendeu com casos de otite e faringite, um encaminhamento para gastro, outro para uma cardiologista investigar um sopro, o último para um pneumologista cuidar de uma asma leve.

Liguei para minha mãe, nem precisei tocar no assunto, ela adiantou que passaria as noites de internação com meu pai, eu podia retomar minha vida, ela me pareceu segura e livre. Consegui ir mais cedo para casa, Deise e eu tínhamos uma conversa. Ela estava na cozinha assando um bolo de frutas secas em sinal de desagravo, o aroma de mel e noz-moscada me amansou. A moça era normal, amante, estava grávida, morava longe de casa, na minha onde quem manda sou eu. Deise ferveu água para cozinhar o chá sul-africano que ganhei do Celso, ervas para adormecer animais da savana. Me sentei à mesa, nenhuma chave de moto na minha fruteira, o bolo saiu brilhante, o chá tinha cor de uísque. Sente aqui, Deise, coma comigo. Achei que não dizer absolutamente nada era suficiente para deixá-la em dúvida sobre o que eu pensava, minha observação privilegiada sobre sua existência, pedindo venha, sente, vá, coma. Sua cintura alargando, tentando a cada respiração dizer algo e desistindo, enfiando na boca um pedaço de bolo quente. Meu celular vibrou, mensagem de Celso, era foto do Bruninho. Embrulhado até o peito com um cobertor frondoso, cabelo penteado de lado aproximando-o da profissão do pai, dois dentinhos, a pele eterna, olhando para mim, eu jamais poderia ser a médica dele, pois não é o meu melhor, tampouco seria mãe, nunca quis e não quero, não é materno esse instinto bruto, nem assistencial. Não sei o que é. Escrevi pedindo que o trouxesse em casa, Deise faria o bolo que Bruninho pedisse. Ele não respondeu.

28

Celso veio sem Bruninho. Incomodado, não relaxou com a terceira cerveja, nenhum sinal de emergência sexual, roeu unha. Fale tudo, pedi. Eu nunca amei desse jeito. Nem eu, respondi, exagerando. Tá ficando difícil porque eu não vou me separar da Cacá por nada. Por mim, você fica com as duas. Notei sua divisão, parte do Celso queria que eu explodisse em posse, obtendo o amante pela destruição do casamento, outra parte se aliviou porque isso seria delicioso apenas em tese. Bruninho disse para a mãe que queria brincar com a tia do dodói, ele disse. Celso precisou explicar que a tia era médica, justificou ter levado o filho ao pediatra sem necessidade e sem avisar, preocupado com a esposa levando uma gestação de risco, a depressão que ele deduzia se avizinhar, pois ela só dormia e chorava, levar o filho para uma consulta de rotina seria um cuidado que, ele supôs, a tranquilizaria. Não contou para a esposa que a pediatra era a excelente neonatologista que atendera seu filho nos primeiros minutos de vida, a que costurou sua vagina com capricho de alfaiataria, eu deveria ter feito pontos que soltassem no primeiro agachamento. Celso se cansou de falar em filho e Cacá, passou a reclamar do escritório, queria entrar no setor da empresa onde viajaria mais, precisava crescer. Ele podia falar por horas, eu estava conectada ao menino. Bruninho havia se lembrado de mim, eu era correspondida pela criança, era real, palpável, estava acontecendo. Eu teria que manter Celso por perto, e mantê-lo casado porque solteiro ele não me suportaria. O interfone tocou. Esperando alguém? Não. Fui aos fundos, Deise havia trocado o uniforme de empregada por um vestido leve, cabelo solto, batom. Ele veio pegar umas coisas para minha irmã. Robson tocou a campainha dos fundos, fiz questão de abrir a porta. Ele não se comoveu com minha presença, somando Deise atrás de mim eram duas mulheres recebendo o segurança. Deise, entregue logo. É rápido, ele disse. Robson era rápido com muita facilidade. Aqui, disse Deise, entregando uma sacola estufada. Tuas roupas?, perguntei. Não uso mais, dona Cecília, depois que eu ganhar nenê, pego de volta. Robson foi para o elevador de serviço sem se despedir. A irmã de Deise sabia do triângulo do qual era uma ponta? Que seus filhos seriam ao mesmo tempo primos e irmãos da criança em gestação? Fique tranquila, dona Cecília, não vou ficar trazendo homem, foi a última vez. A essa altura minha confiança era zero, estava certa de que eu havia lhe causado um constrangimento educativo, mas não, Deise esperava amante e cunhado preparada para arrastá-lo até o quartinho, sei disso pois eu faria o mesmo. Deise, não faça nada pelas minhas costas, quero saber de tudo. Ela pareceu gostar da troca, Robson podia entrar ali, contanto que eu soubesse qual era o enredo. Voltei para a sala, Celso lia mensagens no celular. Tenho que ir, Cacá não está bem. Depois traga Bruninho. Não, ia falar sobre isso, não fique chateada, mas não trarei mais. Você me ofende assim, sou médica, correta. Não vou deixar meu filho criar uma relação clandestina de afeto, basta eu. Celso estava arguto, abriu o leque dos motivos razoáveis para não me deixar perto do menino. Amansei, beijei seu rosto. Você tem razão, cuide da família, esta noite também vou cuidar do meu pai, vamos fazer o certo. Ele mal desceu pelo elevador, chamei Deise. Pede uma pizza pra gente?

29

Qual a senhora quer? Atum sem queijo. Ela foi pedir pelo telefone da cozinha, voltou avisando que a Pinheiros Pizzaria só dava ocupado, ela mesma ia descer e trazer. Deise achou que só ela ia rever Robson. Delivery não o traria, o dono da Pinheiros não deslocaria seu segurança do posto de vigília para entregar pizza, Robson viera buscar a sacola antes do expediente, agora estaria encostado ao muro, cobrindo quadrantes da rua olhando de um lado a outro. Vamos comer lá. Deise se animou a ponto de alongar as costas, pediu dois minutos para se trocar. Fomos a pé, em silêncio, em minutos ficamos diante de Robson. Ele se espantou com nossa presença, sorriu para Deise e não me deu confiança. Nos sentamos junto à janela, dava para vê-lo girar um molho de chaves no indicador, o motoboy da entrega trocava duas palavras com ele. Toma cerveja?, perguntei a Deise. Tomar, tomo. Pode beber, uma não faz mal. Pedi cerveja preta adocicada, garrafa grande. Deise me serviu, naquele ambiente seu gesto não era o mesmo da minha casa, ali eu não mandava, estávamos ombreadas na indecisão de soltar ou não o freio. Nossa aproximação seguia numa rapidez trepidante, eu devia procurar um homem desimpedido, não perseguir doula nem pediatra, cultivar amigas psiquicamente estáveis, ter rumo e não pendular entre escolhas debilitantes, mas a companhia de Deise me aguçava e, na minha casa, eu desfaria o laço sem melindre. Sua irmã tem quantos anos? Mais velha que eu e o Robson. Quantos filhos? Ela tirou o primeiro, teve outros dois. Onde ela conheceu Robson? Ele é nosso primo. A pizza chegou, o garçom nos serviu, ela recebeu o pedaço salivando, ajeitou o corpo para se alinhar ao alimento quente, untuoso, chamuscado na lenha. Comia sem pressa pedacinho por pedacinho como se já tivesse jantado antes, eu mal mastigava e engolia, mas me permiti entrar no ritmo dela, que sabia viver sem sair do lugar, confinada no meu quartinho, presa a um homem de quem jamais se livraria, sua família não se desfaria nem com incêndio, Robson pai do seu filho e dos sobrinhos, nenhuma margem de manobra, para ela rota de fuga não dizia nada, não interessava saber sequer qual ônibus tomar para descer ao litoral, podia ir embora, mas não ia. Deise terminou a cerveja, eu não consegui levar a conversa adiante, fiquei nauseada. Você não vai ter filho? Não. Pedi a conta, Deise acariciava a barriga. Passamos por Robson, o rosto iluminado pela tela do celular. Cecília, já te encontro. Desde que chegamos à pizzaria, Deise não mais me chamara por dona ou senhora. Deixei os dois. Olhei para trás, Deise se aproximava dele com o pescoço solto, retomei meu caminho antes do beijo. Ela chegou em seguida, eu estava na cozinha tomando chá de boldo com adoçante. Para amanhã, quer outro bolo? Assenti.

30

Pela manhã, parte do que eu mereço se oferecia sobre a mesa. Bolo morno, manteiga em consistência de pomada, banana amassada com canela, café calcinante, minhas cápsulas de vitaminas num pires. Deise não estava na cozinha, o que aumentou o nível de conforto do serviço. Meu pai ligou avisando que os exames estavam excelentes, em poucos dias nos trombaríamos em nossos consultórios. Sua voz estava mesmo vigorosa e pulsátil, me deu ânimo, ele se sentia em plena forma, eu também, pensei. Meu corpo, aliás, estava na culminância e eu não sabia calcular em quantos dias ou semanas iniciaria a queda diária e sem pressa, porém ainda não, eu me situava no alto da tensão de um sol ao meio-dia, horas antes de minha casca rachar e babar o suco que as moscas esperam. O corpo pode não ser acessado justamente no apogeu, nesta manhã eu estava desperdiçada. Celso ocasional era pouco, era para eu estar nua, sem casca, com um homem pela manhã e outro à tarde, um terceiro à noite se não estivesse esfalfada. Inaceitável que uma legião não estivesse espetando minha densidade de sobremesa, seio que criança nenhuma pisoteou até murchar, vagina nulípara, nunca posta à prova, músculo rosa, mucosa vítrea como a maçã de quermesse, eu permanecia inédita. Deixei recado para o Celso, escrevi perguntando se ele estava mais calmo, eu sim. Ouvi ruído vindo do quartinho de Deise, saí de casa antes de vê-la.

O primeiro paciente me aguardava, mas fui direto ao consultório do meu pai, na recepção a secretária ajeitava pastas e uma travessa com copos e uma jarra de água coberta por tela com crochê nas bordas, ela estava lá mesmo sem nenhum paciente, ou meu pai, atenderia telefone e cuidaria da burocracia. Não ver meu pai ali me reduziu, fiquei murcha. Atendi até o meio-dia e fui almoçar com ele no hospital, ele lia uma revista semanal, sentado na poltrona próxima à janela. Falou com a sua mãe? Ela não dormiu aqui? Dormiu, mas você conversou com ela? Falamos apenas sobre ela vir dormir aqui, não me pressiona. Nossas salas de trabalho ficarem tão próximas uma da outra nunca havia gerado essa cola, primeiro um pedido de socorro, agora cobrança parental. O susto da pericardite ou a iminência de outra não justificava uma mudança de comportamento, eu não permitiria avanço. Meu pai fechou a revista, elegante como de costume, a expressão confiável, qual mãe não entregaria o filho àquele homem no controle da glicose? Sua mãe quer se separar. Eu trataria com medicamento, respondi. Eu não tinha agenda, fôlego ou vontade de ter conversa íntima com minha mãe, ele achou que uma fala franca da filha fosse clarear mentes e vidas, eu me tornaria afetuosa e minha mãe, uma enfermeira irremovível do posto. Enfermeira, ela havia sido de profissão, mas agora só dele, servindo anti-inflamatórios na bandejinha de inox, massagem paliativa para enganar o sistema venoso profundo sem nunca dizer nada, trazer cobertor e posicionar almofada atrás das costas. Ele merecia, a velhice é que não merece. Meu pai detestou não encontrar em mim a ponte que o faria atravessar a crise. A enfermeira do hospital bateu na porta enquanto a abria, enfiou o nariz sobre nós. Como vamos? Ela ia colher mais sangue para exames. Volte ao consultório, Cecília, tem criança te esperando.

31

A proteção que meu pai dava, deu e dará não se abalaria com a minha recusa em ajudá-lo, ele era incapaz de me desviar. Minha mãe, eu sei, ela sentia que o marido ia morrer e para isso ele adoeceria, sua cumplicidade testada na zona extrema. Ao menos se o processo fosse adiantado para viver de supetão o luto dos acidentes, mas não, meu pai era prevenido, ia ser longo. Se eu quisesse falar com ela, diria para relaxar e soltar o marido à noite, e se soltar também, ir cada um comer seu nhoque em outra companhia, nem penso em cama, conversa alongada com sexo oposto, uma libido de talheres.

Celso ligou, voz de quem sorria escancarado, liberto. Novidades? Você é minha, Cecília. Ele não começava bem, detesto essa posse, que não é posse, é pólvora molhada. Esquece meu consultório, não tem mais surpresa, nem necessidade, vá para minha casa. Estou em todos os cantos, ele disse. Estranhei o transbordamento, nada impedia que estivesse subindo um degrau no afeto por mim, uma mulher que detesta criança foi ter carinho por seu filho, sinal de que eu estava amarrada até com sua continuidade. Antes que pergunte, Bruninho está bem, carente com a mãe em repouso. Tanto melhor em repouso, mais tempo para a criança, eu falei. Nada, ela dorme o dia todo, acordada tem crise de ansiedade. Bruninho está sem mãe, Celso, sem mulher. Não vou levar meu filho, nem me peça, dou notícia porque você gostou dele. Agradeci e combinamos de jantar em casa. Pedi que Deise preparasse um assado e sorvete caseiro. Para garantir, ao chegar, não fui aos fundos averiguar se havia Robson, irmã com crianças, uma família do interior. Jantamos sem atropelo, transamos o básico em minha cama. Preciso ir, ele avisou. Eu nunca soube onde ele morava com a família. Ele desceu pelo elevador social. Interfonei pedindo que o zelador o segurasse na portaria, disse que eu ia descer para entregar algo que ele havia esquecido. Peguei a bolsa e o elevador de serviço, destravei de longe meu carro e, antes de entrar, peguei o interfone da garagem. Fale que me enganei, pode liberar. Embiquei o carro no portão sem abri-lo, esperei minutos até que Celso entrasse no dele. Sua família morava a seis quadras do Quinta dos Açores. Ele não precisava do carro para jantar com a namorada. Rua Cristiano Viana, edifício padrão, ele abriu a garagem com o controle remoto. Não chegou a mentir porque nunca perguntei onde morava, para mim tanto fazia. Celso inventou de encontrar a amante no consultório pediátrico adicionando o fator de clandestinidade, ao mesmo tempo definiu seu endereço pensando na praticidade de suas relações fixas, casamento e Cecília, eficácia e discrição. Deixei o carro num estacionamento na mesma rua, caminhei até um restaurante com vista para a família, pedi cerveja sentada numa mesa do lado de fora. Da calçada, analisei o prédio gradeado, antigo, parquinho infantil atrás, gira-gira preso no cimento, gangorra de borracha para não enferrujar com a chuva, piscina pequena, salão de festas com cortina rosê, pude ler enfim o nome, Edifício Giuseppe. A dez passos havia uma farmácia onde Celso busca os remédios da Cacá, as fraldas do meu menino, o xampu para caspa que nunca detectei. No segundo gole de cerveja alguém saía do Giuseppe, Celso, o próprio, andando ligeiro, olhando os pés cumprirem sua tarefa até a farmácia, nem fuzilado por mim ergueria a cabeça, eu o perdi no interior da loja, depois vi seu cabelo no caixa, saiu carregando uma sacola enorme para um produto minúsculo, embalagem pequena vai de betabloqueadores a ácido fólico, ele desembrulhou a bala que tirou do bolso e sumiu no Giuseppe. Embora ligeiro, ele estava relaxado, território protegido, do Giuseppe ao Quinta dos Açores eram minutos, a Pinheiros Pizzaria também devia servir a família. Subiu até o apartamento acostumado a tudo, Cacá entorpecida no quarto, o menino esperando o pai sentado sozinho no meio do sofá, sem mãe. Pedi outra cerveja. Naquele momento, Bruninho o recebia com alegria, choroso porque estava cansado, o organismo lutando contra placas brancas nas laterais da garganta, alguém deve ter dado banho, a babá me deixa tranquila, faria tudo antes de ir embora, se desapegando de Bruninho assim que se livrasse do Giuseppe, mas voltando no dia seguinte para trocar o menino e levá-lo para a escolinha que não devia ser boa coisa, Celso parece acreditar na primeira pedagogia prometendo progresso. Cacá longe do escritório, sem monitorar o *compliance* da empresa, ninguém cuidaria melhor que ela da reputação da companhia, de licença há semanas, saudosa de quando sua vida era retocar blush pêssego no espelho do Giuseppe, agora aturando Celso e babá, arrependida de ter engravidado pela segunda vez, se despedindo de Bruninho para receber outro desconhecido. Bruninho entre adultos ocupados sem entender uma linha, lembrando dessa aqui que, quando sente, sente mesmo. Eu não ia precisar mais do Celso para acompanhar Bruninho.

32

Antes do consultório, bem antes, estacionei a passos do Giuseppe. Fui até um bar reforçar a cafeína, caminharia, indo e voltando, na outra calçada, até Bruninho respirar fora do Giuseppe. Celso já devia estar no trabalho em reunião desde a madrugada, se desfazendo do ranço da casa quando alguém faz repouso médico, expiração e suores que eliminam restos de remédio e cheiro de corpo sem movimento, exalação viciosa de UTI e jaula nunca limpas o suficiente. Pedi quibe frito e café com leite, fazer algo com as mãos que não fosse fumar, eu quase não comprava maço, havia me dado prazo para diminuir e o cumpria com glória. Saí do bar e voltei para o carro, eu tinha vinte minutos para entrar no consultório, não estava longe. Passei duas vezes pelo prédio, na terceira fiquei ansiosa, eu não disparatava com homem nenhum, menos ainda com uma criança. Do Giuseppe saiu uma mulher de branco, da blusa ao sapato, cabelo preso, era babá, mas não de Bruninho, atrás dela uma menina magrinha e emburrada. Dei mais duas voltas, viciando na adrenalina, adestrada para receber compensação, depois me prometi dar a última, já atrasada para o primeiro paciente. Só mais uma, mas dei várias. Telefone tocou, minha secretária. Estou a caminho, remarque as três últimas para amanhã. Eu queria o final do dia livre, aproveitei o telefone na mão e liguei para o hospital, meu pai disse que teria alta à tarde. Daria tempo para tudo. Meu consultório ficava entre minha casa e Edifício Giuseppe. Atendi os pacientes sem presença, louca para voltar à Cristiano Viana. A vantagem da medicina é poder ser quem quiser, santa, desonesta, anarquista, patriota, bipolar, batista ou ateia, penso e sinto o que eu quiser com estetoscópio no pescoço, quem trata não sou eu, é o protocolo, apenas seguir o roteiro da observação clínica, os casos são mais ou menos os mesmos. Eu me desvio da gravidade e a passo adiante, posso calcular as pedras para erguer a pirâmide maia enquanto a mãe fala, filtro a exuberância dos sintomas que as mães revelam dos filhos e despacho. Atendo com jaleco alvejado, cabelo limpo, volto para minha casa sem alteração que tenha ousado nascer no consultório, corto minha gastura de doença com um banho. A última consulta do dia foi um bebê com problema congênito no coração, já me irritei, examinei para não configurar falta de assistência, encaminhei com veemência ao especialista, a mãe já havia sido atendida por um cardiologista pediátrico, foi até mim para ouvir de uma pediatra de crianças normais se a dela também seria, pagou um valor desnecessário para ser mandada de volta ao nicho médico a que estava destinada. Disse sinto muito, o bebê malformado precisa de contínuo acompanhamento. Cinco, cinco e meia, é horário de saída das escolinhas do bairro. Bruninho tinha quase dois anos, averiguei quais trabalhavam com essa idade, encontrei duas nas imediações. Celso não teria matriculado o filho muito longe. Deixei o carro na rua e fui sondar a pé. Diante da primeira instituição, o pipoqueiro fritava pipoca com queijo coalho, pedi uma. Os pais se avolumavam com o portão ainda fechado, a outra escola ficava na rua de trás, achei que poderia ser lá e me apressei, no meio do caminho achei o contrário, a primeira reunia elementos que encantariam Celso, a mais próxima de sua casa, pequena, sem aglomeração de crianças maiores, adolescentes batendo mochila pelos muros, ambiente controlado, câmera onde dormem os bebês, piso antiderrapante, refeição inclusa na mensalidade com arroz, feijão, carne moída, chuchu, maçã raspada e as gotas sabor tutti frutti dos antitérmicos que as moças afáveis dão para os bebês dormirem ou pararem de chorar. Eu jamais induziria o sono do Bruninho. De volta à Arte do Crescer, o portão estava aberto, uma moça falava ao microfone avisando a chegada dos pais, chamava pelo nome. Vicente, berçário um. Camila, turma verde. Antônio, turma azul. As crianças vinham trazidas pelas professoras até a porta, pai nenhum entrava na Arte do Crescer. Nenhuma babá na porta, me dei conta de que Celso podia buscar Bruninho e me ver ao lado do pipoqueiro. Uma rechonchuda vinha com passos rápidos, nem corrida, nem caminhada, um trote, sapatilha branca, assim como a calça, a blusa e a tiara. Bruninho, turma verde.

33

Bruninho veio no colo da professora, suei. Ele viu a babá e esticou os bracinhos, ela o apanhou com prática, equilibrou o peso da criança na bacia pensando no próprio conforto físico, brusca, apressada, querendo terminar seu turno. A professora se despediu, não gostei dela. Quanto ibuprofeno não tomou Bruninho? A bula orienta tantas gotas por peso, ela deve ter dado mais, assim que se irritou, não com Bruninho, mas com outra criança, outra e todas, a professora saturada de irritação diária, não responde ao chamado de bebê algum, e se ele insiste abre sua boca apertando a bochecha e pinga a calda vermelha que desacelera em quinze minutos, meia hora. Bebês letárgicos, cada qual no seu berço enfeitado pelo enxoval que as mães levam limpo toda semana, o corpo resfriado pela sedação do sistema nervoso central, enquanto as moças ouvem sertanejo dividindo o fone de ouvido, reclamam do serviço, espalham currículo em outras creches para mudar de ambiente, criança, rua. A babá foi para a beira da sarjeta, num ombro a mochila do Bruninho, esse mesmo braço acenando para um táxi que não parou. Passaram outros dois, ocupados. Me aproximei fazendo contato visual com Bruninho. Com a calçada cheia de pais e babás, eu seria mais uma mãe naquele meio. Bruninho sorriu, mas não me reconheceu, teria sido mais efusivo. Quer carona? Senhora tá falando comigo? Sim, moro perto, vim matricular meu bebê, ele começa amanhã. Era para a babá recusar a oferta imediatamente, mas aceitou fingindo pensar dois minutos, claro, eu passava por executiva honesta com bom salário. Não vai dar trabalho? Jamais, o carro está aqui. Não era preciso atravessar a rua, o carro estacionado na mesma calçada, Bruninho deitou no ombro da babá, exausto ou sedado. Como chama o filho da senhora? É menina, Júlia, e ele? Bruninho. Fiz carinho no rosto de Bruninho, não reagiu. Onde vai ficar? Na Cristiano Viana. Abri a porta de trás do carro para a babá entrar com o menino. A cadeirinha ficou no carro do pai, mas é tão perto, vou devagar, eu disse. Ela passou o cinto sobre si e deitou Bruninho por cima, roçando o menino na correia de segurança. Dali, o certo era estacionar no Quinta dos Açores, instalar a babá com Deise nos fundos, exigir da nova funcionária o que ela tem obrigação de fazer com competência, treiná-la até que pudesse me substituir a contento. Não sou louca, parei em frente ao Giuseppe. Desci para ajudar a babá, peguei Bruninho. O cheiro de organismo puro e coeso, cheirei pescoço e couro cabeludo. Apertei a perna gordinha, ele gemeu baixinho, sem se exaltar, a Arte do Crescer merecia inspeção.

34

No dia seguinte, liguei para a Arte do Crescer. Gostaria de visitar, estou pesquisando, meu filho tem um ano. Podemos recebê-la hoje à tarde, se puder, antes da saída das crianças. Passei o dia me lembrando de Bruninho, amuado no ombro da funcionária que Celso contratou para ajudar a criá-lo, criança negligenciada pela vida adulta, o pai saía do trabalho e ia ver outra mulher, chegava com ele dormindo ou já sem energia para interagir, a mãe jogada, a babá tal qual acompanhante de velho que faz o que deve ser feito. Criança nenhuma me fazia pensar nela fora da clínica, tampouco me deixar com gana de aproximação, mas Bruninho não me fez mais gentil com outras crianças, nem mesmo com meus pacientes, eu estava intacta. Resolvi agradar a Celso e aceitar a viagem, sem falar sobre seu filho, apenas ouviria, caso ele mencionasse a família. Agora não, linda, não posso me ausentar, Cacá não fica sozinha. Celso se referia cada vez mais à esposa como se eu não pudesse me ofender, como se eu fosse um colega do escritório para quem Cacá tem a dimensão de uma bolinha de tênis. Me fiz de distraída por preguiça de administrar a relação e ele foi relaxando, dividindo seus problemas com alguém que era potencial sofrimento para sua mulher, instrumento perfurante do seu mundo no Edifício Giuseppe. Nos vemos hoje, preciso de alguém para me ouvir. Claro, no que eu puder ajudar, eu disse. O sossego de Celso seria mantido, eu não entraria em atrito até voltar a ver Bruninho, ou até enxergar essa criança como outra qualquer, voltar ao normal.

No fim da tarde eu estava na Arte do Crescer. Vou mostrar as dependências, antes venha até minha sala, disse a diretora pedagógica. A mulher ignorava criança, reconheço de longe, costas muito eretas, estacada, sem olheira ou sinal de entrega, cabelo escovado e unha falsa, fazendo voz afável para me convencer. Mãe pode colar unha de acrílico sobre os dedos, não é isso, mas as mães do meu consultório não olham para as unhas minuto a minuto, nem acariciam as garrinhas inúteis para cortar a jugular do predador. Temos uma proposta humanista, cuidamos do aluno em sua totalidade para que ele saia preparado para enfrentar os desafios da sociedade. Ela dizia abstrações de folheto com imponência. Nosso período integral é o maior da região, das sete da manhã às oito da noite, não fechamos nas férias de julho, apenas na semana entre o Natal e o Ano-Novo. Pedi para conhecer o berçário. Os bebês estão terminando o banho para começar o jantar, ficam muito agitados com a presença de gente com quem não estão acostumados, mas me acompanhe até a área infantil. Entramos em duas salas onde os pequenos montavam blocos, outros misturavam massinha, todos quietos, estabilizados. Eu havia marcado horário de visita, foram avisados para não gritar, brigar, ai se chorassem. Teve indicação de alguém, mamãe? A babá do Bruninho. Bruninho? Ela fez as contas mentalmente. Filho da Camila advogada? Eu não a conheço, eu disse. O pai é executivo, nossa escola é frequentada por pessoas qualificadas. Como vocês conseguem lidar com tantas crianças se não vejo tantas funcionárias? Nossas profissionais são capacitadas, posso garantir. Bruninho está bem adaptado? Agora está ótimo. Não estava? Mês passado ele reclamou de dor de cabeça, mas é um menino tranquilo e come feito um leão. Quando Bruninho foi ao meu consultório, o Celso não disse nada sobre o filho, porque era pai e porque não estava lá para isso, naquele momento ele não apresentava a dor, mas vinha sofrendo. Ter boa saúde é fundamental, evidente, se Bruninho tivesse diabetes, má-formação, eu não teria me encantado. Desculpe, qual sua profissão? Juíza. A diretora ficou satisfeita ao ouvir minha atividade, superior à de Camila advogada. Visitei a cozinha e um quintal com grama artificial, brinquedos enjoativos pela baixa versatilidade, um escorregador que levava a nada, ainda bem que não conheci a despensa porque encontraria o alvo dos cortes da tesouraria, bolacha empanada em margarina e açúcar para engordar criança inapetente. Voltei para sua sala, onde me revelou a mensalidade, valia a prestação de um bom apartamento no mesmo bairro. Eu precisava sair dali, nada adiantava saber que a escola era péssima e que Bruninho havia tido dor de cabeça. Ela abriu o portão e dei de cara com os pais esperando os filhos, meu rosto de frente para todos eles. Saí pelo canto, beirando o muro. Senhora? A voz era da babá, fingi não ouvir. Senhora? Ela tocou minhas costas, havia corrido até mim. Oi, veio buscar Bruninho? Sim, queria dizer, se a senhora quiser colocar a Júlia só meio período, posso cuidar dela o resto do tempo, pego na escola, dou banho, janta, faço dormir, acordo ela, escovo os dentes, visto uniforme, a senhora toma café da manhã com ela e eu mesma trago para a escola. Mas e o Bruninho? Vou sair de lá, eles vão mudar de cidade.

35

A babá deixou o contato, guardei. Fui embora engasgada, sem visão do meu terreno, manejo nenhum em nada. Celso e eu jantaríamos em casa, claro, nada de andar pelo bairro buscando restaurante, podíamos acabar na porta do Edifício Giuseppe. Precisava estar fria como uma lâmina para não emparedá-lo, ele precisava se sentir seguro, irremediavelmente ligado a mim. Havia me esquecido de avisar Deise sobre a refeição a dois, eu resolveria com delivery. A casa estava limpa, assim como a cozinha, apenas estranhei o silêncio ao me aproximar dos fundos. A porta do quartinho fechada, resolvi bater antes, assim Deise me receberia com dignidade. Ninguém atendeu, abri, ninguém. Ela nunca se ausentara naquele horário. Devia estar com Robson na porta da Pinheiros Pizzaria, liguei lá. Boa noite, queria falar com o Robson. Ele não veio hoje. Então os dois se deram folga numa noite de quarta-feira, depois eu trataria disso com ela, deixei claro que exigia saber seus passos, afinal morava comigo.

Celso chegou falando rápido, puxava o ar quando o corpo pedia pausa e mais oxigênio. Tá nervoso, alguma mudança? Cecília, você me conhece mais que ninguém. Está diante de uma amiga, respondi. Acordo às três da madrugada e não descanso mais, do nada meu estômago fecha torcendo a barriga inteira, parece que uma diarreia vai escapar, a cabeça explodindo numa enxaqueca que não é dor, é uma confusão, sem foco, imagens negativas que não controlo, vou desmaiar, mas não desmaio, demoro dois dias para me recuperar. Ouvi Celso com lamento, meu ex-marido havia tido as mesmas crises. Psiquiatra, Celso. Você acha? Certeza, isso vai aumentar.

A família ia sair da cidade, para qual? Talvez do país. Que fosse Sorocaba já me deixaria péssima, agora que conhecia a Arte do Crescer e o Edifício Giuseppe, que possuía minha agrimensura, gerenciando meus dados espaciais, meus e dele, Bruninho, Camila, a babá. A comida chegou morna, a fritura do tempurá, úmida. Celso comeu quieto com o peso do diagnóstico. Sorte que você veio morar em São Paulo, os melhores médicos do país estão aqui, de psiquiatra a veterinário, você e família estão em segurança. Ele me olhou com ternura, Celso acreditava que eu não sabia da missa a metade e dava conselhos com inocência e brandura. Eu não podia dividir com ele a minha opinião sobre a babá e a Arte do Crescer. Também podia ser que a babá estivesse mentindo sobre a mudança só para pular de casa, sem calcular que eu pudesse conhecer seus atuais patrões. Ficamos abraçados no sofá, eu quase dormi, mas ele me chacoalhou aceso e descarregou em meu quadril sua tensão semanal. Deise podia entrar na sala e nos ver, o que nos deixaria quites, mas ela não voltou para casa. Celso, usufruindo a leveza temporária, pediu uma cerveja antes de ir embora. Posso te dar uma carona, serviço completo. Outro dia, respondeu, dando um soluço.

36

Amanheci sem café na mesa, o celular da Deise não atendia, era a primeira vez que eu ligava, nunca havia precisado. Não ia me preocupar, Robson também havia faltado ao trabalho no dia anterior, os dois estavam juntos. Foram fazer o aborto tardio, ela passava dos três meses, não falou nada para não me trazer problema, acharam uma casa, aqui mesmo em Pinheiros, com atendimento humano e feminista que aceitou um valor simbólico pelo aborto da doméstica oprimida pelo sistema. Robson foi levar a cunhada grávida dele, aliviado e triste, gosta de criança, achou que as coisas iam se ajeitar com os rojões que ele estoura em arquibancada de futebol, mas estouraram na cara um do outro naquela família promíscua e livre, era um casal interessante. Ela devia estar repousando onde? Ia chegar em casa naquela tarde, no máximo.

Fui atender, encarar meu consultório. Me chamou a atenção uma menina que chegou com o pai. É raro um pai ir sozinho com o filho, não posso colocar Celso nessa estatística. O pai vai com a mãe, às vezes com a babá, sozinho não é comum, mesmo separado. O homem exibia paz diante da filha chorando com a mão no ouvido direito, mesmo já medicada em casa com paracetamol. Uma mulher ali estaria fulminada com a constatação de que não ia nunca mais largar aquela vigília inumana, aquela criatura pautando sua vida, qualquer deslize seu e a criança adoeceria ou sofreria um acidente, criança morre muito fácil. A menina apresentava otite média aguda pós-resfriado, a quinta infecção do ano, teria que tratar a otite de repetição para evitar perda auditiva. Encaminhei para o otorrino, mas o pai sairia tranquilo do meu consultório levando a receita de amoxicilina. Na residência eu não tinha como encaminhar, tirar o caso da minha frente. Fiz minha primeira oroscopia num bebê de dez meses, enfiei demais o palito no fundo da boca, ele vomitou olhando para mim, a mãe ficou envergonhada com o filho que não se comportara bem e nem desconfiou de que aquela moça estava errada e erraria muitas vezes até se formar.

Na hora do almoço passei no consultório do meu pai, sentia falta dele mesmo que eu atendesse a passos da sua porta. A secretária estava às gargalhadas ao telefone, as revistas arrumadas em leque na mesa de centro, a bandeja com café e água, os copos intactos. Meu pai fez questão de não a dispensar para que o consultório mantivesse gente e luz acesa, vivo. Ela se ajeitou assim que me viu. Boa tarde. Daqui a pouco essa tranquilidade acaba, avisei. Fique à vontade, ela me disse. Eu à vontade, claro que eu estava à vontade, entrei na sala do meu pai e liguei para ele de sua cadeira. Não morre mais, pensei em você. Ele estava em casa, em dois dias eu o veria ali, talvez mais, meu pai ainda estava avariado ou assustado, dá no mesmo, mas não assumia. Não era propriamente o coração o problema, mas a membrana que o recobre, estava inflamada, se tornou uma capa fibrosa, uma manta pesando sobre um balão de aniversário que perde a leveza e o voo. Assustado ainda com a dor central e aguda que havia sofrido em pleno consultório, sua mão passando pelo peito tentando acalmar um processo que não sabia qual era, mas que supunha perigoso. Teve medo do coração, diabo traído e preso no corpo. Também temi esse bicho impondo a valsa, dizendo: não ouse absolutamente nada por aqui. Tudo de volta ao normal, Cecília, vou começar a caminhar. Ele tomaria colchicina por três meses para evitar recorrência, em alguns dias os exames de imagem já confirmariam melhora sólida. Não tocou mais no assunto sobre minha mãe e a separação, haviam se acertado ou resolvido que não me importunariam com isso.

37

Antes de ir para casa, rondei de carro a Arte do Crescer. O trânsito na porta ajudou, pude ficar engarrafada com visão estratégica. A babá chegou apressada, a professora entregou Bruninho, a babá pegou o menino e foi andando em direção ao Edifício Giuseppe. Segui sem oferecer carona, quis ver melhor seu comportamento. Ela parou na farmácia, a que Celso frequenta, demorou meia hora. Quando saiu, notei que Bruninho havia acabado de chorar, limpando os olhos, ela o desceu do colo, ele cambaleante como alguém que não completou dois anos, empacou e pediu colo. Ela puxou sua mãozinha, forçando a caminhada, ele voltou a chorar. De onde eu estava, privilegiada pelo engarrafamento, dei uma longa buzinada para acordar a babá. Não adiantou, o que acontecia na rua não a abalava, só pegou Bruninho no portão do Giuseppe. Ele ia subir e ver sua mãe drogada de hormônio, enfermiça, atolada na gestação sem saída, a babá ia esquentar sopa de feijão, enfiar a colher de adulto na boca da criança para engolir mais rápido, o metal batendo no dentinho, esfolando pouco a pouco sua bochecha, ela com pressa cumprindo a planilha da patroa. Deise daria uma excelente babá, teria somente que orientá-la em relação a bebida e homem em casa, além de administrar injeção de anticoncepcional para não continuar a perpetuar. A caminho de casa, recebi mensagem do Celso, ele achou que iria para meu apartamento receber cuidados de enfermaria mental. Menti que estaria com meu pai, eu precisava de um tempo para saber meus próximos passos.

Em minha casa, tudo no mesmíssimo lugar, menos Deise, ela havia sumido. Liguei novamente, dessa vez ela atendeu sem dizer nada, eu disse alô e ela desligou. Talvez outra pessoa estivesse com seu celular, sequestrada não estaria, talvez sua irmã tivesse descoberto e a obrigado a abortar, arrumar dinheiro e arrancar a prova de sua covardia e vício, porque só deveria ter feito o que fez porque estava bêbada, isso se não estivesse fazendo pior. Certeza que Deise não estava em roda de oração, ela não se daria ao luxo de sexo solto e frequentar algo que a inibisse. Liguei outra vez, atendeu. Deise, ficou louca? A senhora me perdoe, minha mãe sofreu um infarto, meu pai avisou, vim correndo para o interior, ela tá morrendo. Tem previsão? Senhora? Tem previsão, Deise?

38

Maria Amélia me procurou quase meia-noite. Amanhã, às sete, no Itaim? Claro. Eu substituiria Jaime, ela disse, caso eu não me importasse. Eu deveria ter denunciado Jaime ao conselho regional e o impedido de vez. Mas seu último parto desastroso viria à tona sem que eu pusesse as mãos, sem me dar ao trabalho e com minha discrição e elegância mantidas, era só aguardar o próximo parto domiciliar. Eu nunca preciso ir até o fim, os obstáculos se dissolvem. Faríamos cesárea eletiva, parturiente jovem, gestação de baixo risco, bebê a termo e bom peso. Às seis da manhã, Deise não havia chegado, saí em jejum e tomei café no conforto médico, o rapaz da agência de viagem estava fechando negócio com um neurocirurgião, não pude ouvir o destino. Me encaminhei para o setor, as auxiliares e o anestesista prontos, Maria Amélia entrou disposta. A mãe está nervosa, acha que a anestesia não vai funcionar, vamos manter um ambiente acolhedor, já mandei subir. Trouxeram a parturiente da sala de pré-parto, estava chorosa, a enfermeira pediu que ela se sentasse. Maria Amélia conversou com ela enquanto o anestesista procurava a região certa da coluna para a punção. Maria Amélia segurava as mãos da paciente. Está chegando a hora, o que conversamos todos esses meses? Deitaram a mãe e amarraram seus pulsos à mesa, Maria Amélia iniciou a preparação do campo. Gosto de como ela lida com suas pacientes, como meu pai, que faz tudo parecer superável. Jamais tive essa mansidão, eu ali era só pegar o bezerro, aferir Apgar, aspirar se fosse o caso, devolver limpo. Maria Amélia é rápida, logo estava com as mãos nas vísceras moles, quando sua mão entrou até o punho, pediu que ajustassem a aspiração. Deduzi que a criança estivesse alta, o pai atrás da cabeça da parturiente fazia carinho em seu rosto petrificado, a anestesia a pino, mas a percepção da mãe negava sua eficácia, mesmo não sentindo dor. Preciso das colheres. A enfermeira abriu um pacote de fórceps e entregou o par de instrumentos que abririam caminho. Maria Amélia aumentou a incisão para o encaixe do instrumento, fez alavanca com uma colher, empurrava a barriga para dentro com um antebraço para o bebê escapar dali. A mãe começou a chorar, sinais vitais oscilando. Foi tudo ótimo, bebê com Apgar seis, a marca do fórceps no rosto da menina desapareceria em uma semana. Com sutura feita, estabilizada, a mãe agradeceu Maria Amélia por tudo, pelo parto perfeito, eu diria decente. A obstetra, por sua vez, agradeceu meu profissionalismo, que consistia em ficar quieta no meu canto. Jaime vai para um congresso, tem esse mês livre? Assenti. Fiquei envergonhada por não fazer ideia de que havia um congresso na minha área, e por não estar a caminho dele, detesto sair de São Paulo. O evento é de uma semana em Istambul, ele vai emendar férias na Grécia, ela disse. As mães da zona oeste não estariam sós, podiam contar com neonatologistas da própria maternidade, embora não parissem sem um neo trazido de fora da instituição, o que não faria diferença, não era escolha crucial, não passava de um hidratante sobressalente na bolsinha da mãe, a ignorância da primípara é exuberante. Maria Amélia e eu atravessamos o longo corredor que nos libertaria daquele setor, paramos diante do elevador. Jaime faz parto domiciliar, eu disse numa vazão repentina, apertando o botão para descer.

39

Deixei Maria Amélia embaraçada ao abrir minha boca, mas acabei desabafando sobre a doula que a atrapalhava nos partos, afinal, tirar a doula era tirar Jaime. Falei da hipnose coletiva, da Mãe Prana, da seita que projetava um futuro de lacerações perineais de quarto grau, hipóxia e contaminação por um preço acessível, dividido em cheques entregues a partir do terceiro mês de gestação. Doulas procuram cursos de enfermagem obstétrica que, elas têm certeza, vão levá-las ao patamar de alguma coisa diplomada. Elas se aproximam de pediatras permissivos que acabam aceitando-as porque as mães passaram a exigir babás de mulher adulta ocupando espaço físico e emocional. São dependentes químicas, viciadas em parto natural, em que se deleitam com a aventura sem ter que subir a montanha, vampirizando o parto alheio para aspirar ocitocina, atrás da bruma potente do nascimento. Sem contar que, para elas, o médico pediatra em cena nada deve interferir no espetáculo da assistência natural, o médico fica em pé no canto do apartamentinho como fator de suporte psicossomático, faz de conta que temos médico, mas sem a medicina. Isso quando o pediatra natural não chega atrasado na casa da paciente, pois foi convocado no limite da angústia fetal. Porém não vai acompanhar a mãe na transferência, feita no carro da doula, porque ele nem deveria estar lá, no máximo dará o endereço do hospital mais próximo. Vendem o pacote incluindo piscina portátil e uma seleção musical que leva à transcendência, à chegada sem escala na partolândia que, garantem, algumas conhecem, outras desembocam no hospital para conter hemorragia, culpa da mãe, que não se conectou com o prana. Maria Amélia pareceu desconectada, acho que não me ouviu. Já estávamos no piso da garagem, me arrependi de ter falado tanto, nunca faço isso, evitando que meus elefantes entrem rebolando na saleta de porcelana. Nascer é a coisa mais perigosa que já presenciei, Cecília, você bem sabe, nós juntas já perdemos mãe ou bebê em cesárea, com tudo controlado. Não condeno o Jaime, ela disse, eu sabia que ele trabalhava em parto domiciliar, o que me inquieta não é a conduta, não fique chocada, mas começo a entender a visão dele, e tem outra: com Jaime a parturiente sempre me indica para as pacientes. Claro, pensei, a Mãe Prana era o celeiro das primíparas esclarecidas, Maria Amélia queria as primíparas que o Jaime atraía, mas era pior, ela não estava só sendo condescendente, estava glorificando Jaime. E as doulas, ousei perguntar. Bobagem, ela disse, vamos aprender a levar. Estou preocupada com outra coisa, ela emendou, soube que Jaime resolveu passar um ano fora com o namorado, temo que não volte mais, pretende iniciar uma pesquisa, é um grande pediatra. Maria Amélia, antes de entrar no carro, se despediu decepcionada, menos comigo e mais com a distância que teria do Jaime. Ele era insubstituível e, por isso, tanto fazia a pessoa que estivesse em seu lugar, aquilo que só ele pode fornecer assombraria como marca do seu pioneirismo na área.

Meu cortisol foi às tampas, eu ainda tinha meu consultório

pela frente. Meu pai invadiu minha cadeira, minha sala. Senta aí, ele disse. O tom, a postura, fui me apagando antes de ele aumentar o combustível, não queria explodir com ele. Está tudo bem por aqui? Não respondi, cruzei meus braços. Contrariada? Não respondi, ele se levantou, me deu um beijo na cabeça, tão suave que me arrependi de não ter devolvido o gesto, ele foi para a sala dele, em constante atendimento. Meu pai não me desarmava mais como antes, nisso Bruninho era um mistério, criança que me fornecia ocitocina, a dele tinha uma formulação que só eu reconhecia, concentrada num magnetismo químico e olfativo.

40

Deise estava na cozinha, perguntei sobre sua mãe. Foi enterrada hoje cedo. Podia ter ficado com a família, Deise, eu me virava. Obrigada, estou acostumada com as minhas coisas aqui. Ela cuidava de um apartamento não muito grande, a única pessoa a quem servia passava o dia fora, sem criança, sem animal, sem patrão que a molestasse, namorou o cunhado no quartinho sem ser despedida, nenhum cidadão desta cidade levou a empregada para comer junto na pizzaria, frente a frente com a mesma bebida, posso imaginar Deise todas as tardes deitada no meu sofá assistindo televisão com bacia de pipoca insuportavelmente salgada, ninguém para interromper a estagnação. Deprimidos e grávidas giravam em torno de mim, ambos alheios, esperando secar o cimento mole onde entraram até o joelho. A barriga de Deise arredondava, a cartilagem do nariz ameaçando alargar mais. Quer que eu descongele para a senhora? Faz o favor. Ela serviu minha refeição balanceada, tirou da geladeira a torta de frango que havia feito dias antes, se sentou a meu lado. Não me incomodava, contanto que não chorasse, eu não daria conta. Está fazendo seguimento no posto? Sim, falta exame que vê se o nenê tem down. Vai dar nada, respondi. Tenho um sobrinho down, filho do Robson com a minha irmã. Sempre havia mais coisas nessa família, pensei. Vou prescrever e deixar marcado no hospital onde atendo, depois passo dia e horário. Deise sorriu por educação, não tocou na torta, dissolvido o drama de conseguir o exame, vinha outro de saber o resultado. Ela só não podia abusar de meus serviços médicos pelos quais estudei torcendo para que o dia acabasse. Deveria ter desistido quando estagiei no pronto-socorro e me vi diante da primeira criança doente, uma diarreia de grande proporção que leva embora todos os eletrólitos da criança, não fui embora porque a criança não chegou por isso, só a afirmação da mãe me deixou aflita e sombria. Ela é portadora de cloridorreia, doutora, mas tá sentindo outra coisa. A criança, além da doença congênita, estava com amigdalite, passei amoxicilina, a doença de base ela tratava em outro setor. Vamos beber?, convidei Deise. Peguei duas latinhas na geladeira, nos sentamos no sofá da sala. Deise arrastou um pufe para descansar as pernas, bebia devagar, mas segura, estava em companhia médica.

41

Celso, preciso conversar com você. Escrevi a mensagem e fui tomar banho. Sem resposta, desmarquei a primeira consulta e fui rondar o Edifício Giuseppe. Dessa vez parei em frente, Celso não olha para os lados, nem quando se sente observado. Fiquei dez minutos, mais que isso não seria prudente, iniciei voltas pelo quarteirão correndo o risco de perdê-lo quando eu estivesse na rua de trás. Eu tenho sorte, na terceira volta avistei Camila. Imensa, inchada, sozinha, vestido abaixo dos joelhos, as coxas deviam assar uma na outra. Eu estava na contramão dela, dei tempo para a grávida avançar, desci do carro e fui atrás. Ela passou direto pela farmácia, saiu da Cristiano Viana, ignorou supermercado, açougue, autoescola, cabeleireiro, ótica, doceria, entrou no correio, pegou senha preferencial, alguém lhe cedeu o assento. Também apanhei senha e fui me juntar aos não preferenciais, camuflada entre pessoas produtivas e com excelente visão da Camila, de suas costas e seus gestos. Ela tirou o celular do bolso e abriu um joguinho enquanto a babá preparava meu menino para largá-lo na Arte do Crescer, havia melhores depósitos infantis, mas Celso era sovina, Camila também. A senha dela foi chamada, ela se afastou do balcão com um pacote pardo pequeno e leve, talvez documentos, se mudariam para outro país, papéis da escola nova onde matriculariam o pequeno, Bruninho não gosta da mãe nem da babá, eu o entendo porque apenas aturei minha mãe, enfermeira e advogada não conseguiram ser médica e juíza, não sendo, procriam quietas. Na volta, a grávida entrou no supermercado, pegou um cesto onde enfiou pão, leite em pó, vela infantil de aniversário. Me dei conta que Bruninho faria dois anos em breve, tentei lembrar o dia de seu nascimento, pegaria minha agenda antiga para saber a data. Saí do supermercado antes de Camila, entrei ofegante no carro com a proximidade do aniversário, fazia dois anos que tinha pegado Bruninho recém-nascido nas mãos, sem saber que depois o descobriria como jazida de não sei bem o quê.

Segui para o consultório, pedi à secretária a agenda do ano do parto. Nasceu em dez de setembro, em uma semana acenderiam a vela comprada no supermercado. Vela barata, sem brilho, comum. Celso ainda não havia me respondido. No fim do dia, eu estava na porta da Arte do Crescer. Esperei a babá, que veio direto até mim. A senhora se decidiu pela escola? Claro, minha filha ficará em tempo integral, vim acertar, estou voltando ao meu escritório, quer carona? A babá aceitou com aquela facilidade condenável. A professora veio até a porta com Bruninho, estava mais acordado que a vez anterior, não o doparam com antitérmico, comportou-se como adulto para fugir da medicação castradora. Eu me aproximei, ele me olhou e abriu os bracinhos. Peguei com urgência aquela criança, procurando o cheiro cada vez mais eficaz sobre mim, relaxamento muscular, a brandura me perpassava da cabeça à sola dos pés. A babá tomou aquilo como instinto natural de mãe, uma nulípara não se comportaria assim. Abracei e fui abraçada, ele não sabia meu nome, Celso não deve ter dito, ainda mais que a criança já havia se referido a mim com a mãe. Bruninho não temia emoção, calibrava nossa relação para que nada pudesse impedi-la. Eu o acomodei na cadeirinha que eu havia comprado e instalado pouco antes de estacionar na Arte do Crescer. Confortável e segura.

42

Pelo retrovisor vi Bruninho me olhando. Apontando o dedinho inocente para o mundo, queria que eu também visse o que ele testemunhava. Mantinha o olhar no meu, abriu a boca, achei que fosse me chamar. A babá ia na frente como se fosse minha amiga. Vou pegar um sanduíche aqui, aceita? A babá, vendo a lanchonete, aceitou. Não posso demorar. Fique tranquila, vamos escolher um lanche gostoso. Tirei Bruninho da cadeirinha, ele se entregou ao meu colo com resistência zero, molinho e firme, deitou a cabeça em meu ombro. Andei devagar até a lanchonete para que demorássemos naquele aconchego mútuo. Nos sentamos à mesa. Pode pedir, disse. A babá chamou o garçom e apontou um hambúrguer do cardápio. Sentei Bruninho ao meu lado no banco estofado, macio e colorido. Celso jamais levaria a sério se Bruninho dissesse, com sua comunicação ainda débil, que havia tomado um lanche com a tia do dodói, a babá não diria nada porque eu podia conhecer Camila em alguma ocasião na escola e dizer não só que a funcionária entra no primeiro carro que se abre como se oferece para mudar de emprego. Tudo estava sob controle. Caso ela falasse sobre as caronas, o lanche, e me descrevesse fisicamente a ponto de Celso me reconhecer, eu negaria e o convenceria a despedir a desmiolada. A babá, diante de mim, me concedeu toda autoridade do cuidado do menino. Nem pediu o lanche para a criança. Escolhi mini-hambúrguer sem pepino, apenas com tomate e queijo, e suco de laranja com mamão sem gelo e sem açúcar. A atendente trouxe um papel em branco e um copinho cheio de giz de cera. Sentei Bruninho no meu colo. A senhora não vai comer?, a babá perguntou. Claro, respondi. Pedi o mesmo de Bruninho para que comungássemos da mesma refeição. Gosta de desenhar? Xim, ele respondeu, erguendo a cabeça pequena, seu contorno redondo e infantil que é o começo de tudo, beijei de um lado e de outro, ele sentiu cócegas e gargalhou um sonzinho que massageou meu cérebro. A babá fingia que não via aquela interação tão pura e profunda, sentia prazer sem culpa sorvendo um milk-shake de creme. Pede outro, eu disse. Ela chamou o garçom, tem desse com amendoim? Bruninho batia o giz no papel e dizia coisinhas que eu não entendia, o cheiro vinha até mim, eu nem precisava mais aproximar meu rosto do seu pescoço. Bruninho estava com a infância desprotegida com aquela babá, aquele casal, um homem que beija a amante no banheiro da sala de parto, Camila queria filho nenhum, arrastava tudo com diligência porque uma advogada tem filho para ser respeitada por aquilo que a fez ter usado a vagina com um propósito, a péssima Arte do Crescer, o menino precisava ser cuidado por mim, médica pediátrica, qual juiz não me daria a causa? Precisamos ir, disse a babá, aflita de repente. Pedi a conta, paguei. A babá, satisfeita, foi pegar Bruninho do meu colo, mas ele resistiu. Não!, ele disse. Estávamos nós dois do mesmo lado da trincheira. Pode deixar, eu levo até o carro, relaxa!, eu disse. Subi o tom sem perceber, ali tinha uma mulher que não ama criança e nem por isso deixava de cumprir com a ética médica, jamais mediquei errado, ela que me respeitasse, estava diante da civilização.

Saímos com a babá nervosa, Bruninho agarrado no meu colo, desta vez ela preferiu ir atrás com a criança. Quando sua patroa viaja?, sou pediatra, posso indicar seu trabalho para muitas famílias que não recusariam minha recomendação. A babá relaxou com a credencial da doutora, arrependida de sua agonia para ir embora da lanchonete. Arrependida estava eu de ter dito minha profissão, mais um dado para que Celso, caso soubesse da aventura, chegasse até mim. Mas filho, agora confirmo, desestabiliza. Parei em frente ao Edifício Giuseppe. Eles não vão mais se mudar, a mãe vai esperar o segundo nascer. A babá agradeceu pelo lanche, pediu desculpa por qualquer coisa. Até amanhã, respondi.

43

Se eu tivesse parido Bruninho diria que não gosto de criança, gosto do meu filho. Não era o chamado da natureza para engravidar, não me engano. Podia estar tomada por um instinto de adoção, mulher que resolve adotar pode até produzir leite materno sob magnetismo hormonal, no entanto, talvez não vá ao extremo por um filho adotado e é certamente isso o que o protege. A mãe adotiva não se dissolve diante de uma perna quebrada, não é seu DNA se desfazendo, consegue se ausentar com relativo conforto, quando se arrepende de ser mãe não pensa que trocaram a criança, mas que ela escolheu errado, enganada pela triagem, não passa madrugada ouvindo batimento cardíaco ao preço de perder o sonho que protege o sono, não perde tudo, a composição cerebral que na mulher expira quando é mãe fisiológica. Eu seria mãe adotiva de Bruninho, só dele, outra criança eu devolveria ao orfanato por má adaptação familiar. Meu perfil à prova de bala furaria a fila de espera, boas condições de formar ninho, íntegro, confiável.

Resolvi agir com bom senso, não ia para a porta da Arte do

Crescer no dia seguinte ao que a babá se irritou comigo, se é que se irritou. Não rondaria o Edifício Giuseppe, não precisava caçar Celso. Com a informação de que ele não mais se mudaria naquele ano, eu podia sossegar, ele me procuraria, andava tenso e só eu sabia esvaziá-lo. Conviveria tranquilamente com Celso tendo Bruninho por perto. Uma boa configuração seria a separação, Celso na minha casa com o primogênito, Camila na dela com o caçula. Uma separação sem drama para não traumatizar Bruninho, Celso nem devia ser muito útil para a advogada, no máximo fazia uma farmácia quando chegava à noite, isso quando não voltava com o pau melado com minha lubrificação. Eu pensaria com calma no que fazer.

Maria Amélia havia me reservado para quatro cesáreas naquela semana, eu tinha escolha, não precisava amontoar consultas para pagar contas, apartamento próprio, consultório próprio, não gastava com spa, viagem, hobby, uma mulher com a cabeça no lugar dispensa bobagem. Diminuí minha carga horária, consultas à tarde, cesáreas pela manhã. No dia seguinte faríamos duas, a primeira às oito da manhã, a segunda às onze. Correram bem, bebês de Apgar razoável, seis, sete, aspiração normal, mãe com dor de cabeça pós-anestesia, nada novo. No intervalo fomos eu e Maria Amélia para o conforto médico, tomamos expresso e ela se aproximou de uma representante de joalheria, a comerciante estava disputada, dois cirurgiões escolhiam anéis, eu não me animei. Um ortopedista do ambulatório estava dormindo com tapa-olho debaixo da televisão ligada nas notícias, foi acordado pela concierge, que disse alguma coisa que ele prontamente negou com a cabeça e voltou a dormir, ela avisou pelo ramal que ele não podia, no momento, descer ao pronto-socorro. Maria Amélia não gostou das joias e se sentou ao meu lado. Onde conheceu o Jaime?, perguntei. Uma paciente pediu que ele estivesse no parto, depois vieram outras e fui gostando dele, é uma pessoa cativante, espirituosa, mas ele já trabalhava aqui, fez o parto do filho do diretor. Eu só havia me dado conta dele quando ele se meteu com Maria Amélia. Jaime então dominava, devia arrastar algum colega anestesista até o conforto, entrar numa das saletas com cama para cirurgiões há horas em pé diante do campo, certeza que se masturbavam, para quem faz parto em sobrado geminado com cachorro na sala é evidente que ele não respeita medidas de biossegurança. Imaginei a volta do anestesista ao bloco, trêmulo, esgotado pelo neonatologista. Você precisa conhecer o Jaime, vamos combinar uma pizza, ela disse. Detestei a ideia, mas pude imaginar nós três na Pinheiros Pizzaria, eu apresentaria Jaime ao Robson. Ele volta quando de férias, antes de partir em definitivo, perguntei. Em três semanas, mas podemos manter nossa parceria, Cecília, nem toda paciente quer o que ele oferece, sempre traz muita gente, a doula que ele acaba associando ao bem-estar do bebê e depois a consultora de amamentação que ele aciona no dia seguinte ao parto, tem família que detesta isso, é onde você entra. Fiquei quieta e aliviada, Maria Amélia não queria perder paciente, Jaime não me faria desaparecer, ainda que outros Jaimes surgissem. Fomos à cesárea seguinte, antes meu celular tocou, era Celso.

44

Desculpe o sumiço, fiquei enrolado. Ligo depois, estou no bloco cirúrgico. Excelente retomada, Celso com voz sem carga, aberta, pai do Bruninho e um parceiro sexual competente, reunia fatores que me fariam perseverar, quem sabe até ficar serena. A cesárea transcorreu com segurança, a mãe sentiu náusea, resolvida com medicamento via acesso, precisou receber uma bolsa de sangue, alterações que Maria Amélia administra enquanto conversa. A obstetra me entregou a menina com baixo peso, hipotônica, Apgar seis no primeiro minuto, sete no quinto. As manobras e o ar gelado sempre diminuem a temperatura da criança, mas não tive gana de aquecê-la em meu colo, não posso garantir que a própria mãe tivesse, a pus no berço aquecido a trinta e dois graus, aspirei boca e nariz, mostrei a bebê para a mãe antes de pingar nitrato de prata nos olhos que se repuxaram com a irritação, entreguei à enfermeira para a impressão plantar na ficha e a pulseira de identificação. Fui cuidar da minha vida, eu ainda atenderia no consultório.

Resolvi cumprimentar meu pai antes de entrar na minha

sala. Se eu lhe desse atenção a conta-gotas, não exigiria atenção fora de hora. Recepção lotada como um pronto atendimento, não era atípico, as mães-pâncreas nem marcavam consulta quando a coisa apertava, chegavam com a criança, meu pai não demorava no atendimento, mas era preciso e certeiro, os adolescentes temiam crescer e ter que procurar outro endocrinologista. A secretária preenchia o recibo de pagamento para um casal, a filha de uns sete anos amolecida no colo do pai. Fala que eu passei, pedi à secretária. Ela assentiu com a cabeça, soletrando o valor da consulta para a cliente. A porta da sala se abriu, uma brecha que aproveitei, e entrei, quem esperava a vez do atendimento não disse nada, viu uma mulher de jaleco e sem criança, não era paciente furando fila. Ia te ligar, vou fechar aqui por um mês, férias. Muito bom, eu disse. Sua mãe e eu vamos conhecer a Ásia. Que ânimo para um cardiopata. Não seja cínica, foi viral. Sorrimos, ele estava como sempre o vi, sólido e probo. Faça o mesmo, filha, não vá deixar para conhecer o mundo velha. O conselho não era ruim, bom momento para retomar o litoral, comprar um terreno e construir. A secretária entrou resoluta. Doutor, a paciente convulsionou! Meu pai disparou na frente, fui atrás, a mãe segurava a cabeça tremelicante da filha para não bater no sofá onde estavam sentados, tinha uns três anos, a menina foi diminuindo os tremores e desmaiou, meu pai abriu um sachê de glicose onde mergulhou o dedo indicador e com ele massageou a gengiva e o interior da bochecha, tentando acordá-la e tirá-la da hipoglicemia. Ele acalmou os pais em evidente primeira consulta, espantados, assegurou que as coisas se normalizariam, no começo parecia complicado, depois tudo se encaixaria. Mentira, doença crônica não se faz esquecer, mas os responsáveis precisam estar com as emoções estáveis para lidar com o controle rígido do sistema endócrino. O médico vai dizer, observe seu filho, mãe, qualquer coisa me ligue. Elas observam, alarmadas, algum dente trincado pelo bruxismo nervoso, entrincheiradas na beira da cama infantil, caso as mães durmam, o filho pode findar. As crianças na recepção pararam de falar, assim como os pais diante do quadro que alguns já conheciam. Quando saí da sala a menina ainda estava desmaiada, ela voltaria em quarenta minutos, ficaria em pé depois de uma hora e meia.

45

Atendi crianças saudáveis até o fim da tarde, quando resolvi retornar a ligação do Celso. Na minha casa? Óbvio, ele respondeu. Quando ele teria uma namorada como eu a quadras do Edifício Giuseppe? Pedi que Deise fizesse um picadinho de avó, cubos de carne, batata, cenoura, molho perfumado com tinto, alho e louro, arroz branco e farofa. Quando o porteiro tocou o interfone, Deise serviu o jantar e se recolheu. Celso salivou com a refeição acolhedora, estava carinhoso, numa voltagem mais lenta. Está me escondendo alguma coisa? Você conhece até meu filho, ele retrucou. Acabamos na minha suíte, claro, deixei meu carinho mais reflexivo, o gestual menos extravagante, mais cúmplice. E você, Cecília, o que está escondendo? Eu o lembrei que ele vivia na minha casa e eu nem sabia seu endereço. Ele nem mudou a expressão para dizer que preferia me preservar. Eu transava com um idiota, merecia mais suspense, por que eu não cultivava amigas em vez de tomar cerveja com a empregada? Namorado em vez de amante, um filho que fosse meu. Mas eu teria que gostar dessas pessoas, esse elenco atual eu podia botar na rua sem dar satisfação. Demito empregada, termino com o cara e vou arrumar uma criança desimpedida num orfanato. Mas não me iludo, dos três, Deise, Celso e Bruninho, o menino era insubstituível, tive mais oportunidades com o pequeno do que com empregadas e parceiros sexuais e, tendo conhecido centenas de crianças, nenhuma havia me tornado disponível para o arroubo em sua direção. Celso devia se perguntar a razão pela qual uma mulher daquela qualidade aceitava um homem que jamais se separaria para assumi-la com brio, sem cobrar nem exigir posição. Cacá está com ansiedade, precisou se medicar. Sinto muito, eu disse, fico preocupada porque você também não... Eu dei um jeito, era tensão, tomei relaxante muscular. Imaginei Bruninho naquele apartamento sem claridade, sufocado pela cortina de duas camadas, uma delas de cetim cor musgo, tapete sujo, lavabo com flor morta, a babá indo embora e um casal se desfazendo sem entender o que o filho diz e do que precisa. Amanhã pego Bruninho na escola e trago para jantar, ele sugeriu. Como quiser, eu respondi, sem muita alteração, escondendo minha alegria. O menino podia dar pistas à mãe de que havia passeado no carro da amante do pai, para Celso abrir a guarda assim, Camila devia estar embotada, dopada, sem janela aberta, não desconfiaria de nada. Quem vai cuidar da Cacá?, perguntei, dissimulada. Ele ficou contente com minha preocupação, na certeza de que podia confiar em mim. A babá está dormindo em casa, contratei para cuidar do pacote. Ouvimos barulho nos fundos, corremos para lá. Deise desmaiada no chão, a cadeira caída, segundo desmaio que eu presenciava no dia. Posicionei suas costas no chão, ela foi acordando, examinei seu pulso, normal. Celso pegou água gelada para ele mesmo. Você comeu?, perguntei, ela andava enlutada pela mãe, inapetente. Celso me ajudou a sentá-la. Vou esquentar o picadinho e você vai comer tudo, ordenei. Celso ficou comovido com a empregada grávida e com minha diligência em ajudá-la. Preciso ir, pode deixar, nem precisa ir comigo até a porta. Li na cara dele o que eu faria, ir embora antes de ser enredado pela casa.

46

Não fui ao consultório, nunca deixei de trabalhar porque teria encontro à noite, nem jamais recebi criança em casa. Deise estranhou que às oito da manhã eu tivesse entrado na cozinha de pijama e não com saia de gabardine e camisa de tricoline. Está doente? Pelo contrário, respondi. O aniversário do Bruninho seria em dois dias, eu anteciparia a festa. Perguntei ao Celso a data de nascimento do filho, nem dei o nome para não parecer necessidade de aproximação, disse que me lembrava do mês, mas não sabia o dia. Sábado, vamos fazer a festinha no salão do prédio, ele disse. No salão triste do Giuseppe, amiguinhos da Arte do Crescer dando voltas pelo térreo, monitores pagos para não deixar o filho de ninguém quebrar o braço, bolo seco, balas azuis, vela comum. Me vesti e fui procurar loja de festa, achei a meio caminho do Giuseppe, quase tudo ficava a caminho da família. Setores divididos por tema, não sabia com qual personagem Bruninho andava entretido, escolhi dinossauro, peguei copo, prato, garfinho, guardanapo, palavras de papelão que diziam feliz aniversário, vela com miniqueima de fogos para o Ano-Novo do menino. Na fila do caixa uma mãe com bebê preso ao corpo, na frente dela a babá do Bruninho passando cartão. Com sacola pequena e pesada, me reconheceu, gostou de me rever, entusiasmada em cultivar nossa amizade. Sua filha vai ter festa? Coisa simples, Bruninho faz agora? A mãe contratou bufê no salão, trazem tudo, mas ela mandou pegar mais pratinho. Ela ficou ao lado esperando meu atendimento no caixa, examinava minhas compras. Menina prefere coisa bonita, esqueceu chapeuzinho. Pegaria para mim? A babá foi solícita como se eu já a tivesse efetivado, trouxe o que pedi na versão sereia. Esperou o agradecimento, que não fiz, eu ignorei a sereia, a babá ficou muda até que eu pagasse pelos dinossauros. Disse que precisava voltar e se despediu. Em nada quebrei a confiança dela, que poderia ser útil, hierarquia bem colocada desagrada ninguém, nos reencontraríamos na porta da Arte do Crescer e ela viria cúmplice falar comigo. Deise viu minha sacola e sorriu encantada. Se imaginou fazendo a primeira festa do seu filho na minha casa, crente que eu permitiria. Pedi que ela ajeitasse a sala, pendurasse o feliz aniversário, eu mesma ia procurar bolo, docinho, suco, cerveja para os adultos. Entrei na primeira confeitaria e escolhi uma torre de chocolate, cem brigadeiros para forrar a mesa e gelatina em potinhos. Na padaria, pedi que fritassem coxinha e rissole, assassem esfirra, empada, mini hot dog. Mandei fatiar um rosbife caseiro, escolhi queijos finos e pães frescos para que Celso e eu tivéssemos uma opção fora do inferno. Frutas eu já tinha em casa, Deise faria suco natural para o menino. Cheguei com a mesa arrumada, porém pálida, a babá tinha razão, não pela sereia, mas faltava vibração. Mandei Deise ir até a loja buscar toalha colorida, mais enfeites de mesa, balões. Faltava meu presente, mas achei inteligente me conter, parecer que eu estava apenas querendo agradar Celso e não o filho. Com novos itens, Deise e eu montamos uma mesa para trinta crianças ou mais. Quantas pessoas vêm? Duas, respondi.

47

Quando o interfone tocou estávamos eu, Deise e Robson na sala. Robson de folga naquela quinta-feira ou pediu demissão para estar lá, não faço ideia, Deise me convenceu de que para cantar parabéns faltavam vozes. Abri a porta, Bruninho estava no colo do pai, vestido com o uniforme da escola. Foi me ver e erguer o braço, balangar as pernas, ele todo se inclinou aberto para meu colo, que o recebeu feito mão à luva, me deu um prazer manso e fundo. Celso atrás um tanto feliz, outro tanto desconcertado quando viu a sala preparada e os convidados. Pirou? Eu nem respondi, levei Bruninho até o bolo. Robson e Deise estavam em pé, o cumprimentaram. Celso deve ter pensado que Robson era marido da Deise, deixando a casa com os elementos salutares da família. Você é o do Corolla que bateu no Corsinha?, perguntou Robson ao reconhecê-lo. Me fiz de desentendida e surda, Bruninho pediu *aga, favô*, fui com ele de mãos dadas até a cozinha para termos privacidade. Ele tentava se sentar na cadeira, ajudei, a inocência me feria brutalmente, eu também pedia água, por favor, ao meu pai, minha mãe no plantão noturno da enfermagem, nunca nos víamos. Ela dormia durante o dia, meu pai ia para o consultório, eu ficava com a babá, muitas delas, até confiarem numa que não me deixasse cortar os dedos na faca de fruta ou quebrar os braços no playground enquanto a babá, sempre oculta e de costas, fazia amizade com os funcionários do prédio. Pais distantes não têm relação com minha personalidade, ao contrário, meus genes têm uma escrita notável, nenhuma doença física ou mental de monta, elasticidade no afeto, nos tendões, e viroses fracas, tudo volta ao que era antes. Bruninho tinha um limite para esticar, me levar mais adiante, eu logo saberia a hora de me soltar daquilo e voltar ao estágio inercial e central no qual aguardaria o próximo estímulo. Bruninho tomou toda a água, me deu o copo e correu em direção ao quartinho da Deise. A cama estreita com os cobertores embolados nos lençóis, armário aberto, Deise nunca arruma seu espaço. Bruninho subiu com facilidade na cama e começou a pular no colchão, cada vez mais alto, vivaz, longe de uma anemia, uma pneumopatia, um componente genético fora do lugar. Cecília? Celso nos encontrou nos fundos. Temos que ir, não posso chegar tarde com ele. Eu precisava acalmá-lo, ainda estava desconfortável com a festa. Vamos cantar parabéns rapidinho. Celso gostou da objetividade, ofereci um colo ao Bruninho que foi prontamente aceito. Atravessamos a área de serviço com Celso atrás de mim, fiquei acanhada em cheirar o pescoço da criança. Dei espaço para que o pai nos passasse, ele seguiu irritado, apertei Bruninho trazendo seu rosto para o meu, espremi aquela maciez, ele gemeu reclamando, o apertei demais e estremeci com minha falta de tato, havia uma medida para tê-lo perto. Chegamos à sala, Deise, Robson e Celso se posicionaram em torno da mesa robusta demais para tão pouco tempo, para tão poucos convidados, para nenhuma festa. Celso pegou Bruninho de mim, me senti roubada. Deise acendeu a vela, que iniciou sua míni e calculada explosão na ponta, começaram os parabéns, batemos palmas, Celso chacoalhava Bruninho, que se dirigia a mim com as mãos, achei melhor não pegar a criança do pai no momento em que se homenageava o fato de ele ter transado com Camila e ter gerado meu filho. A explosão da vela terminou por acender automaticamente uma chama a ser soprada. Celso aproximou Bruninho, que não teve fôlego para apagar a chama. A tia vai ajudar, eu disse. Fiquei ao lado e sopramos juntos, a fumaça entrou em minha narina, acabando com o perfume anterior preso nas paredes nasais, a pureza do menino. Deise cortou uma pequena fatia de bolo e entregou ao Bruninho. Para quem o nenê vai dar? Bruninho não entendeu a pergunta e entregou ao pai, claro, o pai colado, fazendo pressão. Comemos todos, eu estava exausta. Celso quis ir embora sem levar nada, nem um docinho, uma bexiga, quarenta penduradas pela sala. Pegou a mochila da escola, eu fui com eles até o elevador. Celso aborrecido, se deu conta do calibre de sua promiscuidade, algo visível, já deveria estar acostumado. Não beijei Celso na frente do Bruninho, qualquer descuido o pai se afastaria, fiz carinho de leve na criança. Celso desceu, eu fiquei sem função. Na sala, Deise e Robson queriam dizer alguma coisa. Ele pode dormir hoje, Cecília? Assenti com a cabeça, invadida, não era a primeira vez, choque nenhum. Só não quero acordar com a festa na sala. Os dois imediatamente se puseram a arrancar as bexigas da parede, eu fui desmaiar na cama, Robson levou a torre de chocolate para os fundos.

48

Bruninho vomitou assim que chegou em casa, me escreveu Celso. Eram seis da manhã, não entendi se ele culpava a amante ou se queria orientação da pediatra, tomei a segunda via. Algo que comeu na escolinha, vômito isolado não preocupa, se febre ou diarreia, me avise. Nem te agradeci por ontem. Você me confiou seu filho no parto, eu o lembrei. Na ocasião do nascimento, Celso também ficou arisco por uma descompensação, logo tratada, lembrá-lo de que cuidei do bebê foi suficiente para combinarmos um encontro mais tarde.

Minha sala estava como se não houvesse passado uma festa infantil por ali, e não passou mesmo. Deise na cozinha, sem sinal do luto pela mãe, disposta depois de uma noite bem vivida. Ele já foi embora, Cecília, não se preocupe. Óbvio que Robson não vai ficar vindo, falei. Ela concordou, agradecendo pelas comidas da festa, Robson levou tudo, inclusive os enfeites para os filhos que teve com a irmã dela. O dia sempre longo, duas cesáreas com Maria Amélia e oito pacientes no consultório. No intervalo das cirurgias falei com meu pai. Filha, embarcamos em dois dias, eu e minha enfermeira. Desejei boa viagem, bom descanso, que eles voltassem renovados. A secretária vai ficar atendendo as ligações e encaminhar paciente para o meu colega, cuidar das plantas, receber insumo, vou desligar o celular para não ser encontrado ao menos até chegar em Dubai. Pousando em seu destino, meu pai estaria disponível por telefone mesmo em férias, as mães-pâncreas ouviriam sua voz e se acalmariam, ele nunca deixou de atender, nem quando me casei, saiu do bufê e foi cuidar de uma complicação. Minha mãe enfermeira deve ter transado com o motorista da ambulância e não com o endocrinologista infantil do hospital, não sou filha de um médico prestador, mas de um débil obedecendo manual, atento para que os doentes que carrega não morram com ele capotados num acidente. As cesáreas foram tranquilas, na primeira ocorreu pré-eclâmpsia e na segunda bebê hipotônico, tudo contornado. Meus pacientes do dia eram todos novos, crianças como todas as outras de qualquer tempo e lugar, frágeis, cansativas, vetores de doenças. Privilégio não ter sido empurrada pelo nevoeiro materno, minha atração por Bruninho estava acima da que existe entre mãe e filho, utilitária, sequencial de tarefas, ergue a pedra, a pedra cai, ergue-se a pedra outra vez. Visitei meu pai no fim do expediente, recepção tranquila, último paciente em sala, menino de onze, doze anos, magro, abatido, aguardei que saísse. Abracei meu pai, desejei boa viagem com veemência. Fique bem, eu não demoro. Ao entrar em minha casa, Deise e Robson estavam assistindo filme no meu sofá. Deise deitada com a barriga para cima, os pés sobre as pernas dele, não se alteraram com minha chegada, Robson me cumprimentou com a cabeça e deu um gole na cerveja.

49

Pedi que Robson se retirasse. Ele não ficou desconcertado, obedeceu só depois de se espreguiçar, me desafiando. Deise ficou decepcionada, eu não localizava o momento em que havia permitido que ela tomasse conta de tudo. Robson ameaçou voltar ao sofá. Só terminar o filme. Vou receber visita, insisti. Ele saiu na postura do vigia, de peito estufado, orgulhoso, botando a carteira no bolso de trás da calça. Deise foi atrás, saiu com ele para a rua. Pensei em jogar suas tralhas no corredor de serviço, quando voltasse entenderia os sinais e podia levar as chaves, eu mandaria trocar as fechaduras. Fui tomar banho e esfriar a cabeça com água fervente para amolecer o pescoço, a fibromialgia estava sob controle, mas algo sinalizava a proximidade das dores, um esvaziamento sem localidade, mas agindo, nevoeiro mental. Deise estava com cinco meses, se eu a demitisse não ia ficar na rua, ela tem irmã na cidade e pai viúvo no interior, tem Robson, tem mais que eu. O vigia talvez tenha feito cópia das chaves, por certo entrou outras vezes. Saí do boxe e interfonei ao porteiro, me chame um chaveiro, pedi. Os caras chegam em meia hora, mando subir direto? Era o tempo de eu me trocar, Celso ia chegar, pediríamos um japonês. Deise chegou antes do chaveiro. Dona Cecília, quero conversar com a senhora. Fiquei muda, ela se sentou na cadeira da cozinha, me mantive em pé. Tive sangramento mais cedo, deu medo, Robson veio para me levar no posto, na volta a gente descansou um pouco, a senhora me desculpe, não quis incomodar. Eu não sabia o que dizer, nem disfarcei que sequer curiosa havia ficado com o sangramento. A gente conversa depois, Deise. A médica do posto disse que eu tenho que fazer repouso. Mas não na minha casa, vá para sua irmã. Ela tremeu o queixo. Não tem emprego melhor para repouso que minha casa, mas você não valoriza, traz homem, chego com o seu vigia no sofá, quando não estão os dois metendo no quartinho. Ela chorou, baixou a cabeça, passava a mão na barriga desgraçada. Sorte dela que meu telefone tocou antes de eu carimbar a sentença.

Era Celso, nervoso. Saí da cozinha, detesto que me ouçam. A babá foi embora, ele disse. A sonsa foi para outra casa, salário dobrado, não pôde recusar, precisava pagar a faculdade da filha, a babá rondava pais na porta da escola tal qual se ofereceu a mim, rodeou até achar alguém que pagasse mais, a cretina não fazia ligação com o Bruninho, carinho, nada, o menino já não tinha mãe operante, teria ainda menos quando chegasse o irmão recém-nascido. Bruninho precisava de mim. Venha para cá, traga o Bruninho. Não posso, Cacá está agitada com isso, não dá para sair hoje, acho que está com a pressão alta. Perigoso, leve ao pronto atendimento, aconselhei. Nem sugeri que deixasse a criança aqui para levar a esposa imensa ao hospital porque ele não saberia administrar os compartimentos que só ele tinha dividido. Camila devia saber que o marido ciscava fora, eu sabia até seu endereço, ele se atrapalhava à toa.

Voltei para a cozinha, Deise não estava mais. Fui até o quartinho, ela chorava deitada, não se mexeu com minha aproximação. Depois que nascer e você conseguir vaga na creche, garanto sua vaga sem dormir no serviço, até lá, não dá mais. A campainha tocou, o chaveiro atrasado. Eu atendo para a senhora. Deixei, ainda era empregada. Ela se levantou, foi em direção à porta com a escova de cabelo, ajeitou os fios no caminho. Passei por eles, dei boa-noite. Eu aguardaria na minha suíte até a hora do pagamento. Fiquei certa da demissão, eu não precisava de uma cuidadora grávida precisando mais de mim do que eu dela. Em pouco mais de uma hora ela bateu na porta do meu quarto. Terminaram, estão chamando a senhora. Paguei e mandei Deise ir dormir, a gente ia conversar no dia seguinte, eu estava com dor de cabeça, não era mentira. Celso mandou mensagem meia-noite. Posso ir aí? Camila estava medicada, a pressão havia subido um pouco, mas a médica achou melhor a paciente descansar em casa e manter conduta expectante. Nem tirei o pijama, abri a nova fechadura e eis que me deparo com Celso e Bruninho. Aquilo não era horário de criança na rua, mas não disse nada, peguei o menino no colo e ele me abraçou, fazendo jus a mim, depois quis descer e explorar a sala. Ele está cansadinho, deve sentir os problemas da mãe, trouxe para desanuviar. Ele pode ir brincar com a empregada, sugeriu Celso, querendo cavar privacidade. Minha libido estava frouxa, era meu puerpério psicológico, afinal havia recentemente parido Bruninho, eu me adaptava à nova rotina. Celso me pegou pela cintura, senti que o puerpério podia ser rompido, um homem adulto ainda me preenchia. Cogitei acordar Deise, Bruninho começou a chorar. Fui atendê-lo, mais rápida que Celso. Caiu no tapete felpudo, porém a mão bateu no pé da mesa de centro, feita de metal facetado. Ele chorou pelo susto, não pelo pequeno corte superficial no dedinho. Peguei meu bebê no colo, fomos ao lavabo, estiquei sua mão até a torneira aberta. No armário do meu banheiro, tem esparadrapo e gaze, pedi ao Celso. Beijei a mão do menino, seu olor límpido e originário logo começava a agir em meu cérebro. Bruninho também foi relaxando, lambi sua lágrima, o soro humano imaculado. O sangue era nada, um fiozinho pela pia branca. Olha o riozinho do Bruninho, falei baixinho. Ele riu, mas estava cansado de chorar, pelo dia, pela família que tem. Celso chegou com as coisas, me sentei com Bruninho no vaso, sequei seu dedo com gaze, apertei o pequeno sangramento, ele quis descer, apressei o curativo. Amanhã tem mais nada, pai, fique tranquilo. Celso acariciou meu cabelo, Bruninho voltou a desbravar a sala.

50

Resolvi acordar mais tarde, não havia parto e eu só abriria o consultório depois do almoço. Meu café da manhã estava impecável, Deise nos fundos quieta, até meio-dia eu não me estressaria. O telefone tocou, desliguei. Assistiria a alguma coisa que prestasse na televisão do meu quarto, tomaria ducha quente no pescoço, não queria gente ao redor que adicionasse nada ao meu bem-estar. Celso era um deles, serviçal como Deise ou pior, eu estava servindo tanto um quanto outro, deixando avançarem em minha casa, minhas ações, ao mesmo tempo eu teria menos conforto sem eles, conforto que foi diminuindo à medida que eles enlouqueciam e caíam do trilho. Liguei o telefone perto do almoço, nove ligações do Celso. Ele estava no hospital, tiveram que voltar, Camila iniciou contrações, o filho nasceria prematuro, tentariam segurar ao menos duas semanas e para isso ela ficaria internada. Onde ela está? No seu hospital. Não me impressionei, era o hospital preferido de quem morava entre o Quinta do Açores e o Giuseppe. Gelei com a possibilidade de Camila ser paciente da Maria Amélia e eu ter que participar do segundo parto dela, eu não queria mais filhos. Ela está com o antigo ginecologista, disse Celso. Se você não fosse minha namorada, podia cuidar da Camila. Posso te ajudar melhor, respondi. Eu já queria convencê-lo a deixar Bruninho comigo, mas permitiria que ele mesmo propusesse. Estavam sem babá, Celso precisava ir ao escritório, hospital era um ambiente insalubre para deixar o menino com a mãe. Você pegaria Bruninho na escola hoje? Uma perfeição, pensei. Nunca falei, mas a escola é aqui perto, aliás eu moro ao lado, ele confessou, justificando que a própria Camila havia escolhido o bairro e o prédio, uma coincidência espantosa. Pode deixar, pego o Bruninho, respondi.

Me levantei da cama com voracidade. Banho, café e detectar na casa tudo que poderia ferir Bruninho, pontas, vidros, metais cortantes, esquinas nas paredes, objetos. Trombei com Deise no corredor. Vou sair, mas volto, o Bruninho vem hoje, limpe a casa, faça comidinha de criança, almôndega com purê. Ela se agradou com minha ordem, nesse ritmo eu lhe entregaria uma cópia da chave nova. Pedi que a secretária desmarcasse as consultas do dia, menti que estava em procedimento hospitalar. Desci ao térreo, havia uma área de lazer que visitei quando conheci o prédio e à qual nunca mais voltei. Muito melhor que a do Edifício Giuseppe. Mais segura, chão emborrachado, duas casas de madeira e uma ponte que as ligava, escorregador para duas etapas da infância, os balanços para bebês eram patinhos que protegiam o corpo até o peito, para cair dali só um adulto virando o brinquedo de ponta-cabeça. A piscina infantil limpa, perguntaria ao Celso como andava a natação do menino, capaz de nem isso ele ter providenciado. Achei a gangorra perigosa, algum garoto mais velho podia soltar um dos lados na cabeça do Bruninho, eu afogaria o agressor numa pia. Fui até a imensa loja de roupas, carrinhos de passeio, tapetes, mamadeiras, apetrechos de segurança. Alcancei protetores de silicone para as quinas, outro para não bater porta, protetor de tomada e mais um para não fechar os dedos nas gavetas, trava para tampa sanitária, um par de joelheiras.

Em casa, pedi que Deise instalasse item por item. Ele vai morar aqui? Não respondi, ela não ousou especular. O escritório daria um bom quarto, mas era melhor não adiantar nada naquele momento. Não me lembrei de comprar cobertor ou um travesseirinho que fosse, voltei à loja, agora mais atenta, incluí repelente eletrônico e um espelho retangular para automóvel que aumenta o campo visual, eu vigiaria Bruninho no banco de trás sem necessidade de me virar para trás e bater o carro em nossa primeira saída a sós, também comprei uma tela protetora com ventosa a ser instalada na janela, manteria o carro protegido do calor e da claridade, embora eu fosse buscá-lo na Arte do Crescer no final do dia, sem calor, sem luz. Deise estava com a panela de pressão aberta, mexendo o feijão fresco, notei as almôndegas grandes demais, pedi que diminuísse o diâmetro. Frutas ao ponto para a vitamina, arroz lavado para refogar assim que eu entrasse com ele em casa, ele ia tomar banho e jantar na sequência, criança precisa de ritmo.

51

Hora de pegar Bruninho na escola. Nunca saí tão engajada da garagem, indo buscar um amor espontâneo e sem risco. Procurei lugar para estacionar, não quis parar em fila dupla, consegui a duas quadras. Caminharia com ele da porta da Arte do Crescer até o carro de mãos dadas, segurando sua mochilinha. Celso avisou à escola que uma amiga da família ia apanhar o filho, deu meu nome, devia ter dado minha profissão que, naquele ambiente, era um lança-chamas a incinerar qualquer obstáculo, professorinha nenhuma fecha porta para uma pediatra. Me postei de cara na porta, a primeira da fila. Alguém disse oi com voz familiar, não era a babá. Com a insistência me virei, a doula. Tem filho aqui? Tenho, respondi. Interessante que a doula da Mãe Prana tenha matriculado o filho numa escola comum e não num acampamento com anjos de cetim. Eu tenho dois aqui, é ótima. Soube do Jaime? Eu queria ficar sozinha na porta da escola, degustar a expectativa de ver meu bebê no colo da professora de quem eu o salvaria. Ele vai trabalhar fora, ficamos sem o melhor pediatra do país. Ela podia enfiar Jaime em sua bolsa de pano, sorri e voltei para o que interessava, precisava me apresentar à moça do microfone que chamava as crianças conforme apareciam os pais. Sou a Cecília Tomé Vilela, por gentileza. Ela entrou rapidamente para checar. Bruninho, turma verde. Em cinco minutos veio ele, desmotivado ou bêbado de ibuprofeno, apagadinho. Ele me viu e se alegrou um pouco, deu o que podia, me abraçou buscando conforto. Pendurei a mochilinha no meu ombro e caminhei soberana por duas quadras. Encaixei Bruninho lentamente na cadeirinha para que nada pudesse aborrecê-lo. Ajeitei meu novo espelho, dirigi com ele na mira, o vi suspirar duas ou três vezes. Já dentro do Quinta dos Açores, subimos o elevador, ele estava chegando em casa. Deise havia preparado a banheira morna para o banho. A senhora se esqueceu de comprar fralda. Corre! Já comprei e deixei no seu quarto. Ela só queria mostrar serviço. Bruninho, no lar, se animou um pouco, pediu chão, então o direcionei até a suíte. Tirei o uniforme, achei que estava mais magro, a Arte do Crescer nem para engrossar um mingau, a babá foi embora de um dia para outro, a mãe desmiolada, pobrezinho. A fralda encharcada, assadura moderada. Celso precisava saber que seu filho era maltratado e tomar providências. Bruninho se animou com a espuma que comecei a fazer, sorriu ao sentir as perninhas afundarem. Ficamos na doçura de um quadro renascentista, a madona serena com seu fruto róseo, redondo, santo. Tirei o esparadrapo do curativo sem que ele percebesse, a cola já amolecida pela água. O corte devia estar melhor, mas em doze horas cicatrizaria, no máximo. O telefone tocou em cima da minha cama, deixei-o esganiçar, não podia deixar Bruninho sozinho na banheira, mas o som acabou por me despertar e perceber a água fria. Envolvi Bruninho numa toalha imensa e felpuda. Celso não havia deixado roupa dele, claro, não imaginou que eu faria o roteiro completo. Tratei a assadura com um hipoglós que eu tinha por ter.

Vesti a fralda seca, lembrei da mochilinha e encontrei nela uma troca de roupa limpa. Fomos para a sala, mesa posta. Comida cheirosa e quente. Sentei Bruninho sobre minhas pernas, em nada ele se rebelava, tudo o que eu fazia estava de seu acordo. Dei colher por colher na boca faminta, ele sorvia com apetite, olhando para mim. Repetiu o prato. Eu nunca mais me afastaria daquela criança.

Cecília, o pai está subindo. O telefone tocando certamente era Celso, claro. Deise abriu a porta e ele viu o filho bem cuidado. Deu um beijo em Bruninho, outro em mim, uma família. Sentou-se exaurido à mesa. Nem sei como te agradecer, entrevistei quatro babás no escritório, uma começa amanhã. Babá não, ele tem a mim, quer lugar mais seguro? Celso estava cansado para entrar em embate, aproveitei. Nem com babá, nem com sua mulher, no hospital ele pode se infectar, no seu apartamento com gente desconhecida nem quero pensar, olhe aqui no meu colo. Apontei Bruninho com a boca suja de comida suculenta, fralda limpa, calmo. Celso estava derrotado. Minha sogra vai dormir com a Cacá hoje, podemos passar a noite aqui? Quase desmaiei, duplicava uma alegria, o amante e meu menino tinham o mesmo olhar perdido, me procurando. Arrumei a cama, dormiríamos juntos, Bruninho no meio. Vontade nenhuma de transar, dormi com o menino de frente para mim, segurando sua mão até embarcarmos sem medo no sono, estava apaziguada por coisas que não conhecia. Celso acordou primeiro, despertei logo depois, Bruninho capotado. Deixe aqui, Celso, tiro o dia para cuidar dele, você pode trabalhar tranquilo, Cacá pode repousar em paz. Celso concordou, a sogra queria mesmo ficar com a filha no hospital, achava que ela era mais útil que o genro. Celso garantiria para a esposa que a criança não mudaria a rotina, mentiria que Bruninho ia passar o dia na escola e a noite com o pai. Celso, antes de seguir para o escritório, trouxe sacola de roupa, brinquedos e chupeta que pegou às pressas no armário do Bruninho. Deise saiu para o retorno no posto, depois seguiria para o mercado, fiquei sozinha com meu filho.

52

Um dia inteiro só nosso. Ele acordou amuado, troquei a fralda cheia, a assadura não havia amenizado, mas agora eu estava no comando. Dei brioche com geleia, que ele comeu com gosto, bebeu suco de laranja e pediu mais. Satisfeitos nós dois, descemos para o playground. No elevador nos vimos no espelho, juntos, ele bateu palmas, sambando no meu braço, eu gargalhei como se ele me fizesse cócegas benignas, das que nos abrem. Ele correu cambaleando até a casinha de madeira, eu o ajudei a subir empurrando seu traseiro com fralda. Ao alcançar o interior da casinha, seu rosto foi se enrugando, as linhas do rosto convergiam para o centro, o nariz se avermelhou, o queixo franziu, arrebentou em choro. Ele não queria me decepcionar, havia algo errado, fiquei paralisada. Uma babá empurrando carrinho me observava, eu passaria por mãe sem levantar suspeita, dessas que têm gastura do filho, no consultório cansei de ver criança sofrendo e a babá consolando o filho da insolente. Finalmente agi, medi a temperatura com a mão, febre alta. Seu choro aumentava a cada patamar de dor em algum lugar. Tudo o que eu havia aprendido estava inalcançável, não conseguia somar nem dividir sintomas, traçar caminho. Peguei Bruninho e minha preocupação foi primeiro esconder minha inaptidão e resolver isso em privacidade no apartamento. Ele urrou dentro do elevador, abri minha porta suando pelas costas e mãos, despreparada, inepta. Eu o deitei no sofá para erguer a blusinha e examinar sua barriga, ele vomitou em jato, o ergui para que não se afogasse. Precisava de ajuda, uma virose agora, justo comigo. O choro não cessava. Deise, por milagre, entrou em casa. Corre e traz tylenol e dramin! A senhora anotaria o nome? Pela feição da empregada, confirmei que eu estava transtornada. Pode deixar, vou correndo. Confiei na minha experiência e conduta repetida por anos, mas não conseguia ter certeza, tontura, visão turva, fiquei próxima do desmaio. Quando Deise girou a chave para sair à farmácia, gritei por toalha. Ela trouxe aflita, limpei o vômito, tirei a blusa dele, queria lavar aquela sujeira. A caminho do banheiro, ele vomitou outra vez, era preciso hidratá-lo. Uma médica leva seus filhos aonde? Consegui limpar o vômito, que agora vinha sem massa de comida, apenas água. Não confio em médico, pediatra apenas meu pai. Com Bruninho no colo, chorando com menos vigor, liguei para ele. Ninguém atendia, estava a caminho do aeroporto ou prestes a pousar na Ásia. Percebi que estaria sozinha mesmo se meu pai estivesse comigo. Eu só tinha a mim, mas eu era brutal e inóspita. Mesmo que meu pai me atendesse ia ser como o vi fazer na infância, ele diz alô a qualquer hora da madrugada, orienta a mãe e volta a dormir porque ele nada tem a ver com aquilo, não tem mesmo, médico não tem a ver com ninguém, hospital nem pensar, os colegas que sei o que fizeram e fazem, muitos como eu. Deise chegou com os remédios, dei o paracetamol para diminuir desconforto e baixar febre. Ele estava em confusão mental pela alta temperatura, ia passar, meu bebê ia voltar ao normal, ele era normal, saudável, inteiro.

Pus Bruninho de frente para meu rosto, cheiro de vômito, urina escapando da fralda, aromas autoritários que não mascararam a verdade na minha cara. Seu hálito, voltei a sentir, meu coração regurgitou nauseado, hálito de acetona. Diabetes insulinodependente. Deise, volte à farmácia o mais rápido da sua vida, anote o que vou pedir. Ela anotou o kit para aferir glicemia. Amparei Bruninho no meu ombro, ele estava trêmulo, o paracetamol devia fazer efeito e provar que eu estava errada. Insisti em ligar para meu pai, uma, duas, vinte vezes até que Deise chegasse. A cada chamada eu ouvia a voz dele dizendo, filha, faça da forma que vou explicar, fique tranquila, a doença tem controle e é possível seguir vida normal. Joguei o celular na parede, não conseguia me acalmar como nada se acalma, nunca via nada se acalmar. Deise entrou, escorei Bruninho nas almofadas. Deise começou a chorar. O que ele tem?, ela perguntou. Meu choro ia vazar se eu abrisse a boca. Fiz a picadinha no dedo, na outra mão o ferimento não cicatrizado. O glicosímetro mostrou 398, ele podia convulsionar. Olhei o Bruninho como ele era e seria, doente crônico. Chorei, finalmente. Não é melhor levar no médico, dona Cecília? Eu não conseguia falar, minha respiração buscava ajuda de alguma musculatura acessória. Deise me chacoalhou, tive uma congestão mental, mal-estar por respirar. Vamos para o hospital!, disse Deise pegando o Bruninho com toda a maternidade que já lhe era digna. Vestiu o menino, pegou a mochilinha, ele gemia e voltou a vomitar. Consegue dirigir, Cecília? Levantei dali sem saber como, fui até o banheiro telefonar para Celso, fiquei com vergonha de falar na frente da Deise.

Celso, o Bruninho precisa ser atendido com urgência, estou levando às pressas ao Itaim onde está a mãe, vão ficar juntos. Puta que pariu, o que ele tem? Não sei. Como não sabe? Não tenho certeza. Cuide dele lá dentro até eu chegar. Minha mão demorava a abrir a porta, o elevador nunca mais chegava, nem descia, meu carro longe demais. Deise se sentou atrás, voamos até o hospital onde tanto trabalhei e nunca sofri assim. Do espelho, com visão ampla, vi Deise rezar, Bruninho gemendo. A cem metros do hospital Celso ligou avisando que estava na porta. Descemos, Celso assustado vindo ao encontro de Deise com o filho debilitado. Entrei com minhas credenciais encaminhando para atendimento imediato. Assim que Celso entrou com Bruninho na sala de procedimentos, fui embora. Deise na recepção abatida, temendo o que ela poderia enfrentar quando o filho nascesse. A chamei com a mão, o espelho me mostrava a cadeira de Bruninho vazia, eu precisava voltar ao normal. Claro que não aguento isso, eu não sou mãe.

53

Em casa, sinais da doença. Poças de vômito, urina, remédios infantis sem a tampa. Deise foi limpando os rastros, a normalidade parecia voltar, minha cabeça ordenava a homeostase, meus olhos voltaram a ver o que viam. Eu não ligaria para Celso, ele me procuraria. Deise foi se deitar nos fundos, não estava bem. Bruninho faria exames, constatariam a diabetes tipo 1, o casal seria avisado do diagnóstico. Bruninho estava de volta à mãe, agora mãe-pâncreas.

Eu não sou isso, mãe-pâncreas é quem tem filho, eu não tenho, não cuspi placenta pela vagina, aquele fígado. Há uma diferença entre mim e Camila. Eu faria a autópsia do Bruninho, ela faria? Ela não está apta. Lisura para devolver o filho à natureza ela não tem. Eu tenho, devolvi a insuficiência dele para ela, o menino foi meu enquanto estava inteiro, não está mais. Bruninho agora é uma condição que exige rígido controle para não complicar. Observação contínua, a mãe vai cumprir ações repetidas, sempre a mesma, esperando um resultado pífio que para o filho crônico é uma boa notícia, mas não para quem é normal.

A doença achata, mina, diminui as chances. Nunca amanhece para a mãe-pâncreas, isolada numa madrugada que não clareia, aferindo, observando, aplicando, não conhece meu descanso. Bruninho vai enlouquecer a mãe, matá-la mais depressa, o filho levando a iminência por onde passa, toda hora vai morrer.

Meu pai retornou a ligação. O que aconteceu? O filho de um amigo com cetoacidose, a primeira. Diga ao amigo que tudo vai se encaixar com o tempo. Logo emendou sobre o hotel, o voo sem turbulência, sua enfermeira mal-humorada, o roteiro dos próximos dias. A vida normal. Nos despedimos e não foi só por voz, eu me senti distante para sempre. Tomei zoplicona, fechei a janela e me afundei nos travesseiros. Acordei à noite, cansada. Não havia mensagem do Celso, liguei. Reverteram o negócio que ele teve, ele disse, a pediatra deixou claro que não tem cura, a pressão da Cacá disparou. Celso falava sem pausa, ansioso, escondendo a tristeza profunda. Ele disse que a cesárea estava prevista para a manhã seguinte, o caçula ia nascer com vinte e oito semanas, ele teria dois filhos na mesma UTI. Se Bruninho estivesse na escola, Cecília, não teria chegado a tempo. Celso estava grato. Fiquei comovida, materializei Bruninho morto e veio uma tontura abismal, sensação de despencar da própria altura sem nunca chegar ao chão. Nos falamos quando der, ele disse, está muito difícil. Pela primeira vez, ele estava realmente distante de mim, costurado de vez ao seu núcleo familiar.

Deise tomava sopa na cozinha, percebeu que eu não estava para conversa e voltou para o quarto. Havia recado da Maria Amélia, cesárea de emergência no mesmo hospital onde estava Bruninho. Não deu tempo de tomar banho, segui para o Itaim. Me preparei para o bloco cirúrgico, a equipe estava a postos. Cuidei do bebê despreparado para a vida, do útero para incubadora, nos encaminhamos para a UTI, eu veria Bruninho. Assim que entreguei o prematuro aos protocolos da enfermagem, passei pelas baias tentando reconhecer Bruninho. Numa delas achei Camila de costas, camisola de internação, a cabeça escorada na caminha do menino, vi os pés dele, inertes, senti uma pinçada no peito, como se o ciático atravessasse o miolo do coração. Estava dormindo, não morreu, a doença não o matou, não vai matar, senti, era meu menino ainda. Eu não estava livre do Bruninho, como tinha me livrado de tudo que ousava me extorquir, a doença não calcinou, curou, nem arranhou minha maternidade delirante.

54

Procurei a enfermeira do setor, eu disse que o conhecia. Vai descer para o quarto agora, recuperação rápida. Bruninho estava com a endocrinologista de plantão, iam para o quarto 212. Deixei as orientações do prematuro que estava aos meus cuidados para o turno da madrugada e fui para o conforto médico esperar Bruninho sair da UTI. Dane-se que a mãe estivesse lá, Celso, avós, queria ver Bruninho acordado. A enfermeira disse que a recuperação fora rápida, eu precisava ouvir que ele era forte, bastou. Tudo podia se encaixar como meu pai prometia às mães-pâncreas. Meu pai era confiável mesmo com a fleuma médica, tal qual a freira do orfanato que é boa, tem intenção salubre, mas é uma para todos e ninguém ao mesmo tempo, sente a dor de Jesus que morreu, mas não se comove com quem está vivo. Meu pai seria um avô-pâncreas se não conhecesse a doença, conhecendo, não ia adotar Bruninho como neto. Cecília logo vai esquecer esse menino, ia pensar.

O quarto 212 estava silencioso conforme aferi atrás da porta. Abri, Bruninho com a mãe, recém-parida, olhando para o menino. Celso devia estar no trabalho. Entrei. Bom dia, mãe. Camila me reconheceu sem euforia, mas afável. Nossa, coincidência, ela disse. Ansiei que a sintonia fosse apenas pelo fato de eu ter sido a neonatologista do seu primogênito. Soube do Bruninho pela enfermagem e vim dar uma olhada, eu disse. Ela olhou para o filho direcionando meu olhar ao centro de nossa vigília comum. Bruninho, mesmo sonolento, me reconheceu. Um braço imobilizado pelo acesso, mexeu as perninhas, realmente melhor. Sua feição me agradecia, me chamava, como pude não saber o que fazer e entregá-lo ao pai na porta do hospital? Meu menino me deixou nítida e transparente, sou cachorra que rouba filho de quem tem muitos, melhor dizendo, de quem gerou o meu. Ele quase entrou em coma, Camila disse, a professora trouxe para o hospital, não fosse ela, não sei. Como Celso ia corroborar essa professora depois eu também não fazia ideia, dane-se. Cheguei perto, Bruninho ergueu o único braço livre, fiquei pele a pele para reconhecer o cheiro sem me importar com a mãe do outro lado da cama, ela me veria como boa médica. Eu amolecida, me desenformando, despreparada para o que sentia e ia fazer.

55

Estudei o prontuário de Bruninho, eu podia conduzir o tratamento fora do hospital, meu pai me orientaria da Ásia. Passei o dia entre o paciente neonato na UTI, o conforto médico e o quarto 212. Celso me ligou. Pelo amor de Deus, não chegue perto da Camila. Eu disse que, como pediatra, não podia fugir à obrigação do cuidado, que ele esfriasse a cabeça. Vamos terminar, não me procure, não me ligue, esqueça minha família! O caçula nasceu? Ele desligou na minha cara. Havia nascido, eu sabia, estava na UTI onde, inclusive, revi sua esposa quando fui cuidar do meu paciente, em melhores condições de sobrevivência do que o prematuro deles. Eu e Camila não trocamos mais palavra, não por minha decisão, ela não via ninguém, estava desconectada. Não havia previsão de alta para o prematuro do casal, para Bruninho a liberdade estava no horizonte, um ou dois dias, alta com indicação expressa de acompanhamento endócrino. Pedi à enfermeira do setor, avise-me quando Bruninho sair.

Da maternidade fui para meu consultório, fiquei avoada, mas sem perder a competência, aviei as mesmas receitas, antitérmico, bastante líquido, a dupla corticoide e antibiótico para alguns, carimbando Cecília Tomé Vilela em todos os papéis. Celso não podia terminar comigo num quadro agudo. Irresponsável. Se Bruninho chega ao hospital como filho da pediatra, tratariam melhor do que o filho da advogada, idem na Arte do Crescer, assim como as babás, eu saberia diferenciar mordida de adulto da de um amiguinho do play. Meu último paciente foi embora, dispensei a secretária. No fim do corredor o consultório do meu pai estava fechado, luzes apagadas. Um endócrino pediátrico descansava sem nunca ter se cansado, ele dorme e volta a dormir, costurou um talho grande no meu joelho, outro na canela, sem notar o mar convulso, mandou a menina parar de chorar, senão não sarava. Permaneci no meu consultório, me deitei no sofá onde se sentam mães quebrantadas, puxei a manta que recobre o estofado e me cobri. Tentei cochilar, o susto não me deixava apagar. Eu já abri um bebê em morte encefálica, tirei vísceras que depois foram guardadas numa térmica que não chegou a tempo ao novo hospedeiro, serrei o peito, o ruído é como serrar o peito de gente, os ossos trincam até romper. Bruninho, meu menino, no limiar do coma, menos que isso, só ao chorar com febre alta trincou meu peito, eu precisava de ajuda. Não conseguia me desfazer do menino, não era meu, nunca seria, o pai foi embora, a família inteira vai viver longe de mim. Meu corpo ficou dolorido no sofá mole, tomei coragem e fui para casa. Passei na porta da Arte do Crescer, os pais satisfeitos, o orgulho por conseguirem viver com esse medo, eu fiquei com o medo sem ter quem salvar, eles têm os filhos para resgatarem do precipício, eu não quero filho, quero ter o Bruninho. Estacionei meu carro na garagem do Quinta dos Açores sabendo que ele não sairia da UTI por um tempo, eu precisava hibernar.

A enfermeira do hospital ligou quando eu subia no elevador. O paciente sai amanhã, o hospital está lotado. Fiquei contente, a alta não era só por conta da rotatividade da hotelaria hospitalar, Bruninho não sofria de tanta diabetes assim. Perdi meu andar, entrou gente, saiu gente, estava digerindo o quadro, refém de qualquer notícia, irremediavelmente cativa. Deise me serviu sopa infantil, feijão, macarrão e cheiro-verde. Até ela parecia ter o filho internado, os ombros retraídos com o choque, ressabiada em como se dirigir a mim, com medo da demissão. O quanto antes eu a demitisse melhor, ela ia parir no chão da cozinha, Robson cortando o cordão com a chave da moto. Eu resolveria mais tarde, mas a tempo. Tomei um comprimido e embarquei. Acordei e avisei à secretária que eu estava com problemas pessoais, que ela desmarcasse as consultas do mês, podia tirar uns dias. Não saí da cama. Deise me trouxe as refeições, deixei a televisão ligada esperando o horário do próximo comprimido. Dormi como acordei, sem me mover. Deise entrou com o café da manhã, a senhora precisa de ajuda? Não. Ela parecia adaptada com a imprevisão. Deise voltou mais tarde com o almoço, recusei, estava sem fome, formigamento, dor em toda parte e em lugar nenhum. Deise se mantinha quieta nos fundos, tomei outro comprimido para dormir antes do meio-dia. Essa rotina se repetiu por sete dias. No oitavo, Deise disse que ia chamar um médico. Mandei cuidar da roupa. No nono dia despertei com uma chamada do Celso, atemorizada, não atendi, esperei tocar outra vez. Me sentei na cama, tomei a água que Deise tinha deixado na mesinha, o telefone não tocava, disquei o número do Celso.

Desculpe meu jeito, falei bobagem. Tudo bem, eu disse em pé no banheiro, botando pasta de dente na escova, sendo trazida de volta. Respirei. Entendo sua reação, da minha parte nada mudou, a casa está aberta. Ele prometeu vir naquela mesma noite. Abri a janela, Deise percebeu o movimento e veio perguntar se podia fazer lasanha, tomei um longo banho. Minha suíte estava deplorável, pedi que Deise fizesse faxina, buscasse flor fresca para a sala. Me vesti com a roupa discreta com a qual vou ao consultório, Celso não podia estranhar meu espírito. Eu o recebi com expectativa, ele não era o mesmo homem. Chorou um pouco, perguntou qual era o meu prognóstico para Bruninho. Vida normal, tudo se encaixaria, afirmei. Cacá ainda passaria muitos dias no hospital com o prematuro. Celso disse que Bruninho voltaria para a escola só aos quatro anos e havia contratado uma babá experiente em dextro. Excelente, eu disse. Traga ele amanhã, arrisquei, não vou trabalhar. Celso concordou, sentia alguma obrigação em me agradar, eu não era uma descompensada, era uma pediatra, ele podia confiar. Estava preparada para receber Bruninho. Logo cedo dei a Deise uma lista de compras para diabético, coisas de mercado e farmácia. Celso dispensou a babá pela manhã, ia deixar Bruninho comigo à tarde e o buscaria antes de escurecer. Abri a casa para meu filho sem os exageros anteriores, ambiente pacífico. Bruninho me viu e se iluminou, alegria intacta, dócil, eu mediria sua glicemia cinco, oito, dez vezes, faria as aplicações de correção glicêmica. Coloquei comida e os insumos no bagageiro do carro, encaixei Bruninho na cadeirinha. Ele empalideceu, eu o observaria pelo espelho de visão ampla. Abasteci no primeiro posto e seguimos para o litoral.

1ª EDIÇÃO [2021] 10 reimpressões

ESTA OBRA FOI COMPOSTA EM ELECTRA PELO ESTÚDIO O.L.M./ FLAVIO PERALTA
E IMPRESSA EM OFSETE PELA LIS GRÁFICA SOBRE PAPEL PÓLEN DA
SUZANO S.A. PARA A EDITORA SCHWARCZ EM SETEMBRO DE 2025

FSC
www.fsc.org
MISTO
Papel | Apoiando o manejo florestal responsável
FSC® C112738

A marca FSC® é a garantia de que a madeira utilizada na fabricação do papel deste livro provém de florestas que foram gerenciadas de maneira ambientalmente correta, socialmente justa e economicamente viável, além de outras fontes de origem controlada.